琼瑶

作品大合集

一颗红豆

琼瑶 著

作家出版社

琼瑶，本名陈喆，作家、编剧、作词人、影视制作人。原籍湖南衡阳，1938年生于四川成都，1949年随父母由大陆赴台生活。16岁时以笔名心如发表小说《云影》，25岁时出版首部长篇小说《窗外》。多年来笔耕不辍，代表作包括《烟雨蒙蒙》《几度夕阳红》《彩云飞》《海鸥飞处》《心有千千结》《一帘幽梦》《在水一方》《我是一片云》《庭院深深》等。

多部作品先后改编成为电影及电视剧，琼瑶也因此步入影视产业。《六个梦》系列、《梅花三弄》系列、《还珠格格》系列等，影响至深，成为几代读者与观众共同的记忆。

琼瑶以流畅优美的文笔，编织了众多曲折动人的故事。其作品以对于梦的憧憬和爱的执着，与大众流行文化紧密结合，风靡半个多世纪，成为华文世界中极重要的文学经典。

我為愛而生，我為愛而寫

文字裡度過多少春夏秋冬

文字裡留下多少青春浪漫

人世間雖然沒有天長地久

故事裡火花燃燒愛也依舊

璚瑤

第一章

　　凌晨。天色才只有些蒙蒙亮。可是，夏初蕾早就醒了。用手枕着头，她微扬着睫毛，半虚眯着眼睛，注视着那深红色的窗帘，逐渐被黎明的晨曦染成亮丽的鲜红。她心里正模糊地想着许多事情，这些事情像一些发亮的光点，闪耀在她面前，也像旭日初升的天空，是色彩缤纷而绚烂迷人的。这些事情使她那年轻的胸怀被涨得满满的，使她无法熟睡，无法镇静。即使一动也不动地躺在那儿，她也能感到血液中蠢蠢欲动的欢愉，正像波潮般起伏不定。

　　今天有约会。今天要和梁家兄妹出游，还有赵震亚那傻小子！想起赵震亚她就想笑，头大，肩膀宽，外表就像只虎头狗。偏偏梁致中就喜欢他，说他够漂亮，有男儿气概，"聪明不外露"。当然不外露啦，她就看不出他丝毫的聪明样儿。梁致中，梁致中，梁致中……梁致中是个吊儿郎当的浑小子，赵震亚是个傻里傻气的傻小子！那么，梁致文呢？不，梁致文不能称为"小子"，梁致文是个不折不扣的谦谦君子，他和梁致中简直不像一个娘胎里出来的，致中粗犷豪迈，致文儒雅谦和。他们兄弟二人，倒真是各有所长！如果把两个人"都来打破，用水调和"，变成一个，准是"标准型"。

想到这儿，她不自禁地就笑了起来，她的笑声把她自己惊动了，这才觉得手臂被脑袋压得发麻。抽出手臂，她看了看表，怎么？居然还不到六点！时间过得可真缓慢，翻了一个身，她拉起棉被，裹着身子，现在不能起床，现在还太早，如果起了床，又该被父亲笑话，说她是"夜猫子投胎"的"疯丫头"了。闭上眼睛，她正想再睡一会儿，蓦然间，楼下客厅里的电话铃响了起来，清脆的铃声打破了黎明的寂静。她猛地就从床上直跳起来，直觉地感到，准是梁家兄弟打来找她的！翻身下床，她连拖鞋也来不及穿，就直冲到门口，打开房门，光着脚丫子连蹦带跳地跑下楼梯，嘴里不由自主地叽里咕噜着：

"就是妈不好，所有的卧室里都不许装分机，什么怪规矩，害人听个电话这么麻烦！"

冲进客厅，电话铃已经响了十几响了，抓起听筒，她气喘吁吁地嚷：

"喂！哪一位？"

"喂！"对方细声细气的，居然是个女人！"请问……"怯怯的语气中，却夹带着某种急迫和焦灼，"是不是夏公馆？"

"是呀！"夏初蕾皱皱眉，心里有些犯嘀咕，再看看表，才五点五十分！什么冒失鬼这么早打电话来？

“对不起，”对方歉然地说，声音柔柔的，轻轻的，低沉而富有磁性，说不出来的悦耳和动听，“我请夏大夫听电话，夏……夏寒山医生。”

“噢！”夏初蕾望望楼梯，这么早，叫醒父亲听电话岂不残忍？昨晚医院又有急诊，已经弄得三更半夜才回家。“他还在睡觉，你过两小时再打来好吗？”她干脆地说，立即想挂断电话。

“喂喂，”对方急了，声音竟微微发颤，“对不起，抱歉极了，但是，我有急事找他，我姓杜……”

“你是他的病人吗？”

“不，不是我，是我的女儿。请你……请你让夏大夫听电话好吗？”对方的声音里已充满了焦灼。

哦，原来是她的小孩害了急病，天下的母亲都一个样子！夏初蕾的同情心已掩盖了她的不满和不快。

“好的，杜太太，我去叫他。”她迅速地说，“你等一等！”

把听筒放在桌上，她敏捷而轻快地奔上楼梯，直奔父母的卧房，也没敲门，她就扭开门钮，一面推门进去，一面大声地嚷嚷着：

“爸，有个杜太太要你听电话，说她的小孩得了急病，你……”

她的声音陡地停了，因为，她一眼看到，父亲正拥抱着母亲呢！父亲的头和母亲的紧偎在一起。天哪！原来到他们那个年纪，照样亲热得厉害呢！她不敢细看，慌忙退出室外，砰的一声关上门，在门外直着喉咙喊：

“你们亲热完了叫我一声！”

念苹推开了她的丈夫，从床上坐了起来，望着夏寒山，轻蹙着眉梢，微带着不满和尴尬，她低低地说：

“跟你说不要闹，不要闹，你就是不听！你看，给她撞到了，多没意思！”

“女儿撞到父母亲亲热，并没有什么可羞的！”夏寒山说，有些萧索，有些落寞，有些失望。他下意识地打量着念苹，奇怪结婚二十余年了，她每日清晨，仍然新鲜得像刚挤出来的牛奶。四十岁了，她依旧美丽。成熟，恬静，美丽。有某种心痛的感觉，从他内心深处划过去，他瞅着她，不自禁地问了一句：“你知道我们有多久没有亲热过了？”

“你忙嘛！”念苹逃避似的说，“你整天忙着看病出诊，不到三更半夜，不会回家，回了家，又累得什么似的……”

“这么说，还是我冷落了你？”寒山微憋着气问。

“怎么了？”念苹注视着他，“你不是存心要找麻烦吧？老夫老妻了，难道你……”她的话被门外初蕾的大叫大嚷声打断了：

“喂喂，你们还要亲热多久？那个姓杜的女人说啊，她的女儿快死了！”姓杜的女人？夏寒山忽然像被蜜蜂蜇了一下似的，他微微一跳，笑容从他的唇边隐去。他站起身来，披上晨褛，打开了房门，他在女儿那锐利而调侃的注视下，走出了房间。初蕾笑吟吟地望着他，眼珠骨碌碌地打着转。

“对不起，爸。”初蕾笑得调皮，“不是我要打断你们，是那个姓杜的女人！”

姓杜的女人！不知怎的，夏寒山心中一凛，脸色就莫名其妙地变了。他迅速地走下楼梯，几乎想逃避初蕾的眼光。他走到茶几边，拿起听筒。

初蕾的心在欢唱，撞见父母亲的亲热镜头使她开心，尤其在这个早晨，在她胸怀中充满闪耀的光点的这个时候，父母的恩爱似乎也是光点中的一点，大大的一点。她嘴中轻哼着歌，绕到夏寒山的背后，她注视着父亲的背影。四十五岁的夏寒山仍然维持着挺拔的身材，他没发胖，腰杆挺得很直，背脊的弧线相当"标准"，他真帅！初蕾想着，他看起来永远只像三十岁，他没有年轻人的轻浮，也没有中年人的老成。他风趣，幽默，而善解人意。她欢唱的心里充塞着那么多的热情，使她忘形地从背后抱住父亲的腰，把面颊贴在夏寒山那宽阔的背脊上。夏寒山正对着听筒说话：

"又晕倒了？……嗯，受了刺激的原因。你不要想得太严重……好，我懂了。你把我上次开的药先给她吃……不，我恐怕不能赶来……我认为……好，好，我想实在没必要小题大做……好吧，我等下来看看……"

初蕾听着父亲的声音，那声音从胸腔深处发出来，像空谷中的回音在震响。终于，夏寒山挂断了电话，拍了拍初蕾紧抱在自己腰上的手。

"初蕾，"夏寒山的声音里洋溢着宠爱，"你今年已经二十岁了吧？"

"嗯，"初蕾打鼻子里哼着，"你的意思是说，我不该再像小娃娃一样黏着你了。"

"原来你知道我的意思。"夏寒山失笑地说。

初蕾仍然紧抱着寒山的腰，身子打了个转，从父亲背后绕到了他的前面，她个子不矮，只因为寒山太高，她就显得怪娇小的，她仰着脸儿，笑吟吟地望着他，仿佛在欣赏一件有趣的艺术品。"爸，你违背了诺言。"

"什么诺言？"

"你答应过我和妈妈，你在家的时间是我们的，不可以有病人来找你，现在，居然有病人找上门来了。这要是开了例，大家都没好日子过。所以，你告诉那个什么杜太太，以后不许了！"

"呵！"寒山用手捏住初蕾的下巴，"听听你这口气，你不像我女儿，倒像我娘！"

初蕾笑了，把脸往父亲肩窝里埋进去，笑着揉了揉。再抬起头来，她那年轻的脸庞上绽放着光彩。

"爸。"她忽然收住笑，皱紧眉头，正色说，"我发现我的心理有点问题。"

"怎么了？"寒山吓了一跳，望着初蕾那张年轻的、一本正经的脸，"为什么？"

"爸，你看过张爱玲的小说吗？"

"张爱玲？"寒山怔怔地看着女儿，"或者看过，我不记得了。"

"你连张爱玲都不知道，你真没有文化！"初蕾大大不满，嘟起了嘴。

"好吧，"寒山忍耐地问，"张爱玲与你的心理有什么关系？"

"她有一篇短篇小说，题目叫《心经》，你知道不知道？"

"我根本没文化，怎么知道什么'心筋'？其实，心脏没有筋，人身上的筋络都有固定位置，脚上就有筋……"

"爸爸！"初蕾喊，打断了父亲，"你故意跟我胡扯！你用贫嘴来掩饰你的无知，你的孤陋寡闻……"

"嗯哼！"寒山警告地哼了一声，望着女儿，"别顺着嘴说得太高兴，哪有女儿骂爸爸无知的？真不像话！"他捉住了初蕾的手臂，微笑又浮上了他的嘴角，"初蕾，你不是《心经》里的女主角，如果我猜得不错，那女主角爱上了她的父亲！"

"哈！爸爸，原来你看过！"初蕾愕然地瞪大眼睛。

"你呢？你才不爱你的老爸哩，"寒山继续说，笑容在他唇边扩大，"你的问题，是出在梁家两兄弟身上，哥哥也好，弟弟也不错，你不知道该选择谁，又不能两者兼得……"

"噢！"初蕾大叫了一声，放开环抱父亲的手，转身就往楼上冲去，一面冲，一面涨红了脸叫，"我不跟你乱扯了！你毫无根据，只会瞎猜！"

寒山靠在沙发上，抬头望着飞奔而去的女儿，那苗条纤巧的身子像只彩色的蝴蝶，翩翩然地隐没在楼梯深处。他站在那儿，继续望着楼梯，心里有一阵恍惚，好一会儿，他陷入一种深思的状态中，情绪有片刻的迷乱。直到一阵窸窣的衣服声惊动了他，他才发现，不知何时，念苹已从楼梯上顺阶而下，停在他的面前了。

"怎样？跟女儿谈出问题来了？"念苹问。

"哦？"他惊觉了过来，"是的，"他喃喃地说，"这孩子长大了。"

"你今天才发现？"念苹微笑地问。

"不，我早就发现了。"

念苹去到餐厅里，打开冰箱，取出牛奶、牛油和面包，平平静静地说：

"别担心初蕾，她活得充实而快乐。你……"她咽住了要说的话，偷眼看他，他正半倚在沙发上，仍然是一副若有所思的样子。早晨的阳光已从视窗斜射进来，在他面前投下一道金色的、闪亮的光带。她拿出烤面包机，烤着面包，不经心似的说，"你该去梳洗了吧？我给你弄早餐，既然答应去人家家里给孩子看病，就早些去吧！免得那母亲担心！"

寒山吃惊似的抬起头来，望着念苹。她那一肩如云般乌黑的头发，披散在背上，薄纱般的睡衣，拦腰系着带子，她依然纤细修长，依然美丽动人。他不自禁地走过去，烤面包的香味弥漫在空气中，却盖不住她发际衣襟上的幽香。他仔细地、深深地凝视她，她迎接着他的目光，也一瞬不瞬地注视着他。他再一次觉得心中掠过一阵痛楚，不由自主地，他伸出手去，把她揽入怀中，他的头轻俯在她的耳边。

"念苹，你有没有想过，我们可以再要一个孩子！"

"什么？"她吃惊地推开他，大睁着眼睛，"你发疯了？怎么突发奇想？初蕾都二十岁了，我也老了，怎么再生孩子？何况，你现在要孩子干吗？"

"我一直喜欢孩子，"寒山微微叹了口气，"初蕾大了，总有一天要离开我们，或者，添一个孩子，会使我们生活中多一些乐趣……"

"你觉得——生活枯燥乏味吗？"她问，语气里带着抹淡淡的悲哀。

"不是枯燥乏味！"他急忙说，"而是刻板。很久以来，我们的生活像一个电钟，每天准确固定地行走，不快不慢地、有条不紊地行走……"

"只要电钟不停摆，你不该再不满足，"她幽幽地打断他，垂下眼睛。她语气中的悲哀加重了，"或者，我们缺少的，不是孩子。二十年的婚姻是条好长好长的路，你是不是走累了？你疲倦了？或者，是厌倦了？我老了……"

"胡说！"他粗声轻叱，"你明知道你还是漂亮！"

"却不再吸引你了！再也没有新鲜感了……"

"别说！"他阻止地低喊，用手压住她的头，下意识地抚摸着她的头发。一时间，他们两个都不说话，只是静静地站着，悄悄地依偎着，室内好安静好安静，阳光洒了一屋子的光点。初蕾从卧室里跑出来了，她已换了一身简单而清爽的服装，红格子的衬衫，黑灯芯绒的长裤，挽着裤管，穿了双半筒的靴子。今天要郊游，要去海边吃烤肉，她拎着一个旅行用的牛仔布口袋，蹦蹦跳跳地跑下楼梯。

蓦然间，她收住脚步，手中的口袋掉到地下，骨碌碌地、磕磕碰碰地滚到楼梯下去了。这声音惊动了寒山夫妇，慌忙彼此分开，抬起头来，初蕾正呆愣愣地站在楼梯上，嘴巴微张着，像看到什么妖怪似的。半晌，她才伸手拍着自己的额，惊天动地般喊了起来："天啊，今天是什么日子？是情人节呢，还是你们的结婚纪念日？"念苹的脸居然涨红了。走到餐桌边，她掩饰似的又拿起两片面包，顾左右而言他：

"初蕾，要吃面包吗？"

"要！当然要！"初蕾笑嘻嘻地跑了过来，浑身洋溢着青春的气息，年轻的脸庞上绽放着光彩，她本身就像一股春风，带着醉人的、春天的韵味。她直奔到母亲旁边，抓起了一片刚烤好的面包。"我马上走，不打扰你们！"她说，对母亲淘气地笑着，"你们像一对新婚夫妇！"她咬了一口面包，看看母亲，又看看父亲，满足地、快活地轻叹了口气。

"幸福原来是这样的！"她口齿不清地叽咕着，走过去捡起自己的手提袋，望着窗子外面。

窗外是一片灿烂的、金色的阳光。

　　这不是游海的季节，夏天还没开始，春意正浓。海边，风吹在人身上，是寒恻恻而凉飕飕的。夏初蕾却完全不畏寒冷，脱掉了靴子，沿着海边的碎浪，她赤脚而行。浪花忽起忽落，扑打着她的脚背和小腿，溅湿了裤管，也溅湿了衣裳。她的袖子卷得高高的，因为，不时，她会弯腰从海浪里捡起一粒小贝壳，再把它扔得远远的。她的动作，自然而然地带着种舞蹈般的韵律，使她身边的梁致文，不能不用欣赏的眼光注视着她那毫不矫情，却优美轻盈的举动。

　　"我不喜欢文学家，他们都是酸溜溜的。"初蕾说，又从水里捡起一粒贝壳，仔细地审视着。

　　"你认识几个文学家？"梁致文问。

　　"一个也不认识！"

　　"那么，你怎么知道他们是酸溜溜的？"

　　"我猜想的！"初蕾扬了扬眉毛，"而且，自古以来，文学家都是穷光蛋！那个杜老头子，住在茅草棚里，居然连屋顶上的茅草都保不住，给风刮走了，他还追，追不到，他还哭哩！真'糗'！"

"有这种事？"梁致文皱拢了眉毛，思索着，终于忍不住问，"杜老头子是谁呀？"

"鼎鼎大名的杜甫，你都不知道吗？"初蕾大惊小怪地，"亏你还学文学！"

"噢！"梁致文微笑了，"搞了半天，你在谈古人啊！你是说那首'八月秋高风怒号，卷我屋上三重茅'的诗，是吗？"

"是呀，三重茅草卷走就卷走了吧，他还追个什么劲？茅草被顽童抱走了，他还说什么'南村群童欺我老无力，忍能对面为盗贼，公然抱茅入竹去，唇焦舌燥呼不得……'真糗！真糗！这个杜老头啊，又窝囊，又小气！又没风度！许多人都说杜甫的诗好，我就不喜欢。小孩子抱了他的茅草，他就骂人家是盗贼，真糗！真糗！我每次念到这首诗就生气！你瞧人家李老头，作诗多有气魄，'君不见黄河之水天上来，奔流到海不复回！'念起来就舒服。'俱怀逸兴壮思飞，欲上青天揽明月！'够味！豪放极了！'我本楚狂人，凤歌笑孔丘！'棒透了！我喜欢李老头，讨厌杜老头！"

梁致文侧过头来看着她，落日的余晖正照射在她身上脸上，把她浑身都涂上了一抹金黄。她浓眉大眼，满头被风吹得乱糟糟的头发，面颊红红的，嘴唇轻快地嚅动着，那一大段话像倒水般倾了出来，流畅得像瀑布的宣泄。他看呆了。

夏初蕾扔掉了手里的贝壳，弯腰再拾了一枚。站直身子，她接触到他的眼光，他的眼睛深邃而闪亮。每当她接触到他的眼光，她就不由自主地心跳。她总觉得梁致文五官中最特殊的就是这对眼睛。它们像两口深幽的井，你永远不知道井底藏着什么，却本能地体会到那里面除了生命的源泉外，还有更丰富更丰富的宝藏。从认识梁家兄妹以来，初蕾就被这对眼睛所迷惑、所吸引。现在，她又感受到那种令她心跳的力量。

"你盯着我干吗？"她瞪着眼睛问。为了掩饰她内心深处的波动，她的语气里带着挑衅的味道，"我明白，你不同意我的看法，你们学文的，都推崇杜甫！你心里准在骂我什么都不懂，还在这儿大发谬论！"

"不。"梁致文紧盯着她，眉尖眼底，布满了某种诚挚的、深沉的温存。这温存又使她心跳。"我在想，你是个很奇怪的女孩。"

"为什么？"

"你整天嘻嘻哈哈的，蹦蹦跳跳的，像个什么都不懂的小孩子，可是，你能把李白和杜甫的诗倒背如流。"

"哈！"初蕾的脸蓦然涨红了，"这有什么稀奇！你忘了我妈是学中国文学的，我还没学认字，就先跟着我妈背《唐诗三百首》，爸的事业越发达，我的诗就背得越多。"

"怎么呢？"

"爸爸总不在家，妈妈用教我背诗作为消遣呀！"

"即使如此，你还是不简单！"梁致文的眼光更温存了，更深邃了，温存得像那轻涌上来、拥抱着她的脚的海浪。"初蕾……”他低沉地说，“你知道？你是我认识的女孩子里，最有深度……”

“哇！”初蕾大叫，慌忙用双手遮住耳朵，脸红得像天边如火的夕阳。她忙不迭地、语无伦次地喊，“你千万别说我有深度，我听了浑身的鸡皮疙瘩都会起来。你别受我骗，我最会胡吹乱盖，今天跟你谈李老头杜老头，明天跟你谈海老头哈老头……”

“海老头哈老头又是什么？”梁致文好奇地问。

“海明威和哈代！”初蕾叫着说，“知道几个中外文学家的名字也够不上谈深度，我最讨厌附庸风雅卖弄学问的那种人，你千万别把我归于那一类，那会把我羞死气死！我是想到哪儿说到哪儿，我的深度只有一张纸那么厚！我爸说得对，我永远是个疯丫头，怎么训练都当不成淑女……”

“谁要当淑女？”一个浑厚的声音鲁莽地插了进来。在初蕾还没弄清楚说话的是谁时，梁致中已一阵风般从她身边卷过去，直奔向前面沙滩上一块凸出的岩石。初蕾站定了，另一个高大的影子又从她身边掠过去，直追向梁致中，是那个傻小子赵震亚！这一追一跑的影子吸引了初蕾的注意力，她大叫着说：“你们在干什么？”

“比赛谁先爬到岩石顶上！”梁致中头也不回地喊。

初蕾的兴趣大发，卷了卷裤脚，她喊着：

“我也要参加！”

“女孩子不许参加！”梁致中嚷，“摔了跤没人扶你！”

“谁会摔跤？谁要你扶？”初蕾气呼呼地，“我说要参加就是要参加！而且要赢你们！"

放开了脚步，她也向那岩石直奔而去。

梁致文呆立在那儿，愣愣地看着初蕾那奔跑着的身影。她的腿匀称而修长，轻快地踏着海水狂奔。她的衬衫早已从长裤里面拉了出来，被风鼓动得像旗子。她那短短的头发在海风中飞扬，身子灵活得像一只羚羊。

初蕾已快追上赵震亚了，她在后面大叫：

"赵震亚！"

"干什么？"赵震亚一边跑，一边气喘吁吁地问。他那大头大身子，使他奔跑的动作极为笨拙。

"致秀在叫你！"初蕾嚷着。

"叫我做什么？"赵震亚的脚步缓了下来。

"她有话要对你说！"

"什么话？"赵震亚的脚步更慢了。

"谁知道她有什么知心话要对你说！"初蕾追上了他，大声地嚷着，"你再不去，当心她生气！"

"是！"那傻小子停住了脚步，慌忙转过身子往回就跑。

初蕾笑弯了腰，边笑边喘，她继续向梁致中追去。致中可不像赵震亚那样好追，他结实粗壮而灵活，长长的腿，每跨一步就有她三步的距离，她眼看追不上，又依样画葫芦，如法炮制，大叫着：

"梁致中！"

梁致中已跑到岩石下面，对初蕾的呼唤，他竟充耳不闻，手脚并用，他像猿猴般在那岩石上攀爬。初蕾急了，放开喉咙再喊：

"致中！梁致中！等我一下！"

"鬼才会等你！"致中嚷了回来。

"不等就不等！"初蕾咬牙喊，"你看看我追得上你追不上！"

"哈！"致中大笑，"你要追我吗？我梁致中别的运气不好，就是桃花运最好，走到哪儿都有女孩子追！"

"梁致中，你在胡说些什么？"初蕾恨恨地喊。

"我胡说吗？是你亲口说要追我呀！"

"贫嘴！你臭美！"

"我不臭美，是你不害臊！"

"要死！"初蕾冒火地叫，身子继续往前冲，冷不防，她的脚碰到了一块水边的浮木，身子顿时站不稳，她发出一声尖叫：

"哎哟！糟糕！"

刚喊完，她整个身子就摔倒在沙滩上了。沙滩边一阵混乱。初蕾躺在地上，一时间，竟站不起来，只是咬着牙哼哼。梁致文、梁致秀和赵震亚都向她奔过去，围在她的身边。梁致秀蹲下身子，用手抱住她的头，急切地问：

"怎么了，初蕾？摔伤了哪儿？"

初蕾往上看，赵震亚傻傻地瞪着她，一副大祸临头的样子。梁致文微蹙着眉头，眼睛里盛满了关切与怜惜。梁致秀是又焦灼又关心，不住口地问着：

"到底怎样？伤了哪儿？"

"致秀，"致文蹲下身子，"你检查她的头，我检查她的腿。"

初蕾慌忙把腿往上缩了缩，嘴里大声地呻吟，要命，那该死的梁致中居然不过来！她悄悄地对致秀眨了眨眼睛，嘴里的呻吟声就更夸张了：

"致秀，哎哟……我猜我的腿断了！哎哟……我想我要晕倒了。哎哟……哎哟……"

致秀的眼珠转了转，猛然间醒悟过来了。原来这鬼丫头在装假，想用诱兵之计！她想笑，圆圆的脸蛋上就涌上了两个小酒窝。她偷眼看她的大哥梁致文，他的脸色因关切而发白了。她再偷眼去看她的二哥梁致中：天哪！那家伙竟然已经高踞在岩石的顶端，坐在那儿，正从裤子口袋里取出口琴，毫不动心地吹奏起口琴来了。

初蕾的"哎哟"声还没完，就听到致中的口琴声了，她怔了怔，一骨碌从地上爬起来，抬头一看，梁致中正高高地坐在那儿，笑嘻嘻地望着他们，好整以暇地吹奏着《桑塔·露琪亚》。她这一怒非同小可，跺了一下脚，她咬牙切齿地骂了一句：

"混蛋！"

就拔腿又向岩石的方向跑去。她这一跑，赵震亚可傻了眼了，他直着眼睛说：

"她不是腿断了吗？"

"她的腿才没断，"致秀笑着瞪了赵震亚一眼，"是你太驴了！"

致文低下头去，无意识地用脚踢着沙子，他发现了那绊倒初蕾的浮木，是一个老树根。他弯腰拾起了那个树根，树根上缠绕着海草和绿苔，他慢腾腾地用手剥着那些海草，似乎想把它弄干净。致秀悄悄地看了他一眼，低声自言自语：

"看样子，她没吓着要吓的人，却吓着了别人！"

"你在说什么？"赵震亚傻呵呵地问。

"没说什么！"致秀很快地说，笑着，"你们两个，赶快去帮我生火，我们烤肉吃！"

在岩石上，致中的《桑塔·露琪亚》只吹了一半，初蕾已爬上岩石，站在他的面前了。他抬眼看看她，动也没动，仍然自顾自地吹着口琴。初蕾鼓着腮帮子，满脸怒气，大眼睛冒火、狠狠地瞪着他。他迎视着她的目光，那被太阳晒成微褐的脸庞上，有对闪烁发光的眼睛和满不在乎的神情。她眼底的怒气逐渐消除，被一种近乎悲哀的神色所取代了。她在他面前坐了下来，用双手抱住膝，一瞬不瞬地看着他。

他把一支曲子吹完了，放下了口琴。

"你的嘴巴很大。"她忽然说，"丑极了。"

"嗯。"他哼了哼，"适合接吻。"

"不要脸。你怎么不说适合吹口琴？"

他耸耸肩。

"我接吻的技术比吹口琴好，要不要试一试！"

"你做梦！"

他再耸耸肩。

"你的眉毛太浓了，眼睛也不够大，"她继续说，"有没有人告诉过你，你没有致文漂亮？"

他又耸肩。"是吗？"他问，满不在乎。拿起口琴，他放到唇边去，刚吹了两个音，初蕾劈手就把口琴夺了过去，恨恨地嚷着说：

"不许吹口琴！"

"你管我！"他捉住了她的胳膊，命令地说，"还给我！拿来！"

"不！"她固执地、大大的眼睛在他的眼前闪亮。他们对峙着，他抓紧了她的胳膊，两人的脸相距不到一尺，彼此的呼吸热热地吹在对方的脸上。夕阳最后的一线光芒，在她的鼻梁和下颌镶上了一道金边。她的眼珠定定地停在他脸上，他锁着眉，眼光锐利，有些狰恶，有些野气。她轻嘘一声，低低地问：

"你怎么知道我摔跤是假的？"

"谁说我知道？"他答得狡狯。

"噢！"她凝视他，似乎想看进他内心深处去，"你这个人是铁打的吗？是泥巴雕的吗？你一点怜香惜玉的心都没有吗？"

"你不是香，也不是玉。"他微笑了起来。

"说得好听一点不行吗？"她打鼻子里哼着，也微笑起来。

"我这人说话从来就不好听，跟我的长相一样，丑极了。你如果要听好听的，应该去和致文谈话。"

她的眼睛中立刻闪过了一抹光芒，眉毛不自禁地就往上挑了挑。

“噢！好酸！”她笑着说，“我几乎以为你在和致文吃醋！”

他放开抓住她的手，斜睨着她。

“你希望我吃醋吗？你又错了！”他笑得邪门，“你高估了自己的力量！”

“你——”她为之气结，伸出手去，她对着他的胸口就重重一推。

“哎呀！”他大叫，那岩石上凹凸不平，他又站在一块棱角上，被这么用力一推，他就从棱角上滑下来，身子直栽到岩石上去。背脊在另一块凸出的石头上一撞，他就倒在石块上，一动也不动了。

“致中！”初蕾尖叫，吓得脸都白了，她扑过去，伏在他身边，颤声喊，“致中！致中！致中！你怎样？你怎样？我不是成心的，我不是故意的，我……”她咬紧嘴唇，几乎快要哭出来了。

他打地上一跃而起，弯腰大笑。

“哈哈！我摔跤显然比你摔跤有分量……”

“你……你……你……”初蕾这一下真的气坏了，她的脸孔雪白，眼珠乌黑，嘴唇发抖，气得连话都说不出来。她瞪了他几秒钟，然后一甩头，回身就走，走了两步，才想起手中的口琴，她重重地把琴往石头上砸去，就三步两步地跳下了岩石，大踏步地走开了。

太阳早已沉进了海底。致秀他们已生起了营火，在火上架着铁架，一串串的肉挂在铁架上，肉香弥漫在整个海边。

初蕾慢腾腾地走了过来，慢腾腾地在火边坐下，慢腾腾地弓起膝，用手托着腮帮子，对着那营火发怔。

致文仍然在剥着那大树根上的青苔和海藻，他脸上有某种深思的、专注的神情，似乎在思索着什么问题。

"你知道，杜老头那首'八月秋高风怒号'的诗，主题只在后面那两句：'安得广厦千万间，大庇天下寒士俱欢颜'！后人推崇杜甫，除了他的诗功力深厚之外，他还有悲天悯人的心！"

初蕾怔了怔，歪过头去看致文，她眼底闪烁着一抹惊异的光芒。她的神思还在致中和他的口琴上面，蓦然间被拉回到杜甫的诗上，使她在一时间有些错愕。她瞪着致文，心神不宁。

致文抬起眼睛看了她一眼，淡淡地笑了笑，就又低头去弄那树根，那树根是个球状的多结的圆形，沉甸甸而厚笃笃的。

"我想，"他从容地说，"你已经忘记我们刚刚谈的话题了。"

"哦，"初蕾回过神来，"没有，只是……杜老头离我们已经太远了。"她望向海，海面波涛起伏，暮色中闪烁着点点粼光。沙滩是绵亘无垠的，海风里带着浓浓的凉意，暮色里带着深幽的苍茫。致中正踏着暮色，大踏步地走来。初蕾把下巴放在膝上，虚眯着眼睛无意识地望着那走来的致中。

致文不经心地抬了抬头。

"无论你的梦有多么圆，"他忽然说，"周围是黑暗而没有边。"

她立即回头望着致文，眼睛闪亮。

"谁的句子？"她问。

"不太远的人，徐志摩。"他微笑着。

她挑起眉毛，毫不掩饰她的惊叹和折服。

"你知不知道，致文？你太博学，常常让人觉得自己在你面前很渺小。"

他的脸涨红了。

"你知不知道，初蕾？"他学着她的语气，"你太坦率，常常让人觉得在你面前很尴尬！"

她笑了，"为什么？"

"好像我有意在卖弄。"

她盯着他，眼光深挚而锐利。

"你是吗？"她问。

"是什么？"他不解地问。

"卖弄。"

他的眼睛里闪过一抹狼狈。

"是的。"他坦白地说，"有一些。"

她微笑起来，眼光又深沉又温柔，带着种醉人的温馨。她喃喃地念着：

"无论你的梦有多么圆，周围是黑暗而没有边。"她深思，摇摇头，"不好，我不喜欢，太消极了。对我而言，情况正好相反。"

"怎么说？"

"无论你的梦多么不圆，周围都灿烂地镶上了金边。"她朗声说，"这才是我的梦。"

她的眼睛闪亮，脸发着光。

"说得好！"他由衷地赞叹着，"初蕾，"他叹口气，"你实在才思敏捷！"

"哇！"她怪叫，笑着，"你又来了！你瞧，你把我的鸡皮疙瘩又撩起来了！"她真的伸着胳膊给他看。

他也笑了，用手握了握她伸过来的手。

"你是冷了！"他简单明了地说，"你的手都冻得冰冰凉了。"他脱下自己的外衣，披在她的肩上，那外衣带着他的体温，把她温软地包围住了。她有种奇异的松懈与懒散，觉得自己像浸在一池温暖的水中，沐浴在月光及星空之下，周围的一切，都神奇而灿烂地"镶上了金边"。

致中早已走过来好一会了，他冷冷地看着这一切。看着他们两个有问有答，又看着致秀和赵震亚手忙脚乱地忙着烤肉、穿肉、撒作料……他重重地就在火边坐下，带着点捣蛋性质，伸手去抓火上的肉串，嘴里大嚷大叫着：

"哈！好香，我饿得可以吃下一头牛！"

"还不能吃！"致秀喊，"肉还没烤熟呢！"她夺下致中手里的肉串，挂回到架子上。

致中往后一仰，四仰八叉地躺在沙滩上，拿着口琴，送到嘴边去试音。那口琴已摔坏了，吹不成曲调，只发出嗡嗡的声响，致中喃喃地诅咒：

"他妈的！"

赵震亚听了半天，发出一句评语：

"你吹得很难听！"

致中抛下口琴，对赵震亚翻了翻白眼：

"人丑，话不会说，连口琴都吹得难听，这就是我，懂了吗？"

致秀看看二哥，再回头看看大哥。初蕾小巧的身子，懒洋洋地靠在致文身上，脸上有甜得醉人的微笑，致文的一只手，随随便便地揽着初蕾的腰。他身子前面，放着那个他好不容易弄干净了的圆形大树根。

"这是什么？"初蕾问，用手摸索那树根，仰脸看致文，她的发丝拂在他的面颊上。对于致中的吼叫，她似乎完全没有听到。

致文拿起树根，举给初蕾看：

"像不像一个女人头？"他问，"像不像你？"

初蕾愕然，她仔细地看那树根。

"是的，像个人头，不过……"她小心翼翼地说，"我不会这么丑吧？"

致文失声大笑了。很少听到致文大笑的致秀，禁不住愣了愣。致中回头看了那树根一眼，轻哼了一声，眼睛望着天空，自言自语：

"木头比人好看！它不会东倒西歪！"

初蕾吃惊似的回眼去看致中，挑起了眉毛，她似乎要发作，她的眼睛瞪圆了，脸色变了，致秀慌忙拍了拍手，大叫：

"肉熟了！肉熟了！要吃烤肉的统统过来！"

初蕾的注意力被肉串吸引住了，顿时，只感到饥肠辘辘。

她咽着口水，贪馋地望着肉串，大家都向营火围了过去，火光映红了每一个人的脸。

夜色来了。

第三章

　　夜已经很深很深了。杜慕裳坐在女儿的床沿上，愀然地、怜惜地、心疼地望着那平躺在床上的雨婷。那么瘦，那么苍白，那么恹恹然了无生气，又那么可怜兮兮的。她躺在那儿，大睁着一对无助的眼睛静静地瞅着慕裳。这眼光把慕裳的五脏六腑都撕碎了。她伸手摸着女儿的下巴，那下巴又小又尖，脆弱得像水晶玻璃的制品。是的，雨婷从小就像个水晶玻璃塑成的艺术品，玲珑剔透，光洁美丽，却经不起丝毫的碰撞，随时随地，她似乎都可以裂成碎片。这想法绞痛了她的心脏，她轻抽了一口冷气，抬头望着床对面的夏寒山。

　　夏寒山正拿着一管好粗好粗的针药，在给雨婷做静脉注射。雨婷的袖管捋到肩头，她那又细又瘦的胳膊似乎并不比针管粗多少，白皙的手臂上，青筋脉络都清晰可见。寒山找着了血管，把针尖直刺进去，杜慕裳慌忙调开视线，紧蹙起眉头。她的眼光和女儿的相遇了，雨婷眉尖轻耸了一下，强忍下了那针刺的痛楚，她竟对母亲挤出一个虚弱而歉然的微笑。

"妈妈，"她委婉而温柔地喊，伸手抚摸母亲的手，"对不起，我让你操了太多心。"

"怎么这样说呢？"杜慕裳慌忙说，觉得有股热浪直往眼眶里冲，"生病是不得已的事呀！"

"唉，"雨婷幽然长叹，"妈，你别太疼我，我真怕有一天……"

"雨婷！"慕裳轻喊，迅速地把手盖在雨婷的唇上，眼眶立即湿了。她努力不让泪水涌出来，努力想说一点安慰女儿的话。可是，迎视着雨婷那悲哀而柔顺的眼光，她却觉得一句话都说不出来。只能用牙齿咬紧了嘴唇，来遏制心中的那种恐惧和惨痛。

寒山注射完了，抽出了针头，他用药棉在雨婷手腕上揉着，一面揉，他一面审视着雨婷的气色，对雨婷鼓励地笑了笑，说：

"你会慢慢好起来的，雨婷。但是，首先你要对自己充满信心。"

雨婷望着寒山，她的眼光谦和而顺从，轻叹了一声，她像个听话的孩子：

"我知道，夏大夫。我真谢谢您，这样一次又一次麻烦您来我家，我实在抱歉极了。"

"你不要对每个人抱歉吧，雨婷，"杜慕裳说，拉起棉被，盖在她下颌下面，"这又不是你的错。"

"总之——是为了我。"雨婷低语。

寒山收拾好他的医药箱，站起身来。

"好了，"他说，"按时吃药，保持快乐的心情，我过两天再来看你，希望过两天，你已经又能弹琴唱歌了。好吗？"

"好！"雨婷点头，对寒山微笑，那微笑又虚弱，又纯挚，又充满了楚楚可怜的韵味，"您放心，夏大夫，我一定会'努力'好起来。"

寒山点点头，往卧室外面走去。杜慕裳跟了两步，雨婷在床上用祈求的眼光看她，低唤了一声：

"妈！"

慕裳身不由己地站住了，对寒山说：

"你先在客厅坐一下，我马上就来！"

"好！"

寒山退出了卧室。慕裳又折回到床边，望着女儿。雨婷静静地看着她，那玲珑剔透的眸子似乎在清楚地诉说着：别骗我！妈！我活不了多久了。蓦然间，她心头大痛，坐在床旁，雨婷一下子就跳起来，用双手紧紧地搂住了母亲的脖子，她那细弱的胳膊把慕裳紧箍着，她的面颊依偎着她，在慕裳耳边悲切地低语：

"妈，我不要离开你，我不要！如果我走了，谁再能陪伴你，谁唱歌给你听？"

"噢！"慕裳悲呼，泪水再也控制不住，夺眶而出了，"雨婷，不要这样说，不会的，绝不会的！夏大夫已经答应了我们，他会治好你！"

雨婷躺回到床上，她的眼光清亮如水。

"妈妈，"她柔声说，"你和我都知道，夏大夫是个好医生，可是，他并不是上帝。"

"不！"慕裳用手遮住了眼睛，无助地低语，"不！他会治好你，他答应过的，他会，他答应过的！"

雨婷把头转向了一边，发出了一声悠长的叹息。

"可怜的妈妈！"她耳语般地说了句。

成串的泪珠从慕裳眼里滚了出来，可怜的妈妈！那孩子心中从没有自己，每次生病，她咬住牙忍住疼痛，只是用歉然的眼光看她。可怜的妈妈！她那善良的、柔顺的心中，只有她那可怜的妈妈！她不可怜自己，她不感怀自伤，在被病魔一连串折磨的岁月里，她那纯洁的心灵中，只有她的母亲！她用手背拭去泪痕，再看雨婷，她合着眼睛，长睫毛细细地垂着，似乎睡着了。她在床边再默立了片刻，听着雨婷那并不均匀的呼吸声，她觉得那孩子几乎连呼吸都不胜负荷，这感觉更深更尖锐地刺痛了她。俯下头去，她在雨婷额上，轻轻地印下一吻，那孩子微微地翻了个身，嘴里在喃喃呓语：

"妈，我陪你……你不要哭，我陪你……"

慕裳闭了闭眼睛，牙齿紧咬着下嘴唇。片刻，她才能平定自己的情绪，轻轻地站起身来，轻轻地走到窗前，她轻轻地关上窗子，又轻轻地放下窗帘，再轻轻地走到门边。对雨婷再投去一个依恋的注视，她终于轻轻地走出了房间。

夏寒山正在客厅中踱来踱去，手里燃着一支烟，他微锁着眉，一副心事重重的样子，他喷着烟雾，似乎被某个难题深深地困扰着。

杜慕裳走近了他。

他站定了，他的眼光锐利地注视着她，这对眼睛是严厉的，是洞察一切的。

"你哭过了。"他说。

她用哀愁的眼光看他，想着雨婷的话：妈妈，你和我都知道，夏大夫是个好医生，但是，他并不是上帝。她眨动眼帘，深深地凝视他，挺了挺背脊，她坚强地昂起下巴，哑声说：

"告诉我实话，她还能活多久？"

他在身边的烟灰缸里熄灭了烟蒂，凝视着她。她并不比念苹年轻，也不见得比念苹美丽，他模糊地想着。可是，她那挺直的背脊，那微微上扬的下巴，那哀愁而动人的眼睛，以及那种把命运放在他手中似的依赖，和努力想维持自己坚强的那种神气……在在都构成一种莫名其妙的、强大的引力，把他给牢牢地吸住了。一个受难的母亲，一个孤独的女人，一个可怜的灵魂，一个勇敢的生命……他想得出神了。

他的沉默使她心惊肉跳，不祥的预感从头到脚地包围住了她。她的声音簌簌发抖：

"那么，我猜想的是真的了？"她问，"你一直在安慰我，一直在骗我了？事实上，她是活不久了，是吗？"她咬紧牙关，从齿缝中说，"告诉我实话，我一生，什么打击都受过了，我挺得住！可是，你必须告诉我实话！"

他紧盯着她。

"你不信任我?"他终于开了口,"我说过,我会治好她!"

她目不转睛地看着他。他说得多坚决,多有分量,多有把握!上帝的声音,也不过如此了。她眼中又浮起了泪痕,透过泪雾,他那坚定的面庞似乎是个发光体,上帝的脸,也不过如此了。她几乎想屈膝跪下去,想谦卑地跪下去……

他忽然捉住了她的手。他的手温暖而有力,上帝的手,也不过如此了。

"过来!"他命令地说,把她拉到沙发前面,"坐下!"他简短地说。

她被动地坐在沙发里,被动地望着他。

他把自己的医药箱拿了过来,放在咖啡桌上,他打开医药箱,从里面取出一大沓 X 光的照片,又取出了一大沓的病历资料和检验报告。他把这些东西摊开在桌面上,回头望着她,清晰地、坚定地、强有力地说:

"让我明白地告诉你,我已经把雨婷历年来的病历都调出来了,检查报告也调出来了,从台大医院到中心诊所,她一共看过十二家医院,从六岁病到现在,也整整病了十二年。平均起来,刚好一年一家医院!"

"唉!"慕裳轻吁了一声,"我从没有统计过,这孩子,她从小就和医院结了不解之缘。"

"她的病名,从各医院的诊断看来,是形形色色,统计起来,大致有贫血、消化不良、轻微的心脏衰弱,一度患过肝炎,肝功能略差,以及严重的营养不良症。"

"我……我什么补药都买给她吃,每天鸡汤猪肝汤就没断过，我真不知道她怎么会营养不良。"慕裳无助地说，"以前的周大夫，说她基本体质就有问题，说她无法吸收。无法吸收，是很严重的，对吗？"

夏寒山定定地看着她。

"如果不吃，是怎样都无法吸收的。"他一个字一个字地说。

"不吃？"慕裳惊愕地抬起眼睑，"你是什么意思？你以为我没有做给她吃吗？"

"你做了，她不一定吃了！"

慕裳的眼睛睁得更大了。

"我不懂。"她困惑地说。

"让我们从头回忆一下，好不好？"他的眼光停在她的面庞上，"她第一次发病是六岁那年，病情和现在就差不多，突发性的休克，换言之，是突然晕倒。晕倒那天，你们母女间，是不是发生了什么事？"

她的眼珠转了转，然后，就有一层淡淡的红晕，浮上了她的面颊。

"是的，"她低声说，"那是她父亲去世后，我第一次想到再嫁。有位同事，和我一起在大使馆中当翻译，追求我追求得很厉害……"她咽住了，用手托着头，陷入某种回忆中，她的眼睛浮起一层朦朦胧胧的雾气，唇角有一丝细腻的温柔。不知怎的，这神情竟微微地刺痛了他。他轻咳了一声，提醒地说：

"显然，这婚事因为雨婷的生病而中止了？"

"是的。"她回过神来，"那年她病得很凶，住院就住了好几次，我每天陪她去医院，几乎连上班都不能上，那婚事……也就不了了之了。后来，那同事去了美国，现在已经儿女成群了。"

"好，从那次以后，她就开始生病，三天两头晕倒，而医院却查不出正确的病名。"

"是的。"

夏寒山不再说话，只是镇静地看着她。于是，她有些明白了，她迎视着他的目光，思索着，回忆着，分析着。终于，她慢慢地摇头。

"你在暗示……她的病不是生理上的，而是心理上的！"她说了出来。

"我没有暗示，"夏寒山坚定地说，"我在明示！"

"不！不可能！"她猛烈地摇头，"心理病不会让她一天比一天衰弱，你难道没看出来吗？她连呼吸都很困难，她瘦得只剩下了皮包骨，轻得连风都可以把她吹走，而且，她那么苍白，那么憔悴，这些都不是装出来的……"

"我没有说她是装出来的！"夏寒山沉着地说，"她确实苍白，确实憔悴，因为她又贫血又营养不良！她在下意识地慢性自杀，怎么会不憔悴不苍白！"

"慢性自杀？"她惊呆了，睁大了眼睛。她不信任自己的听觉，"你说什么？慢性自杀？她为什么要慢性自杀？她三岁失去父亲，我们母女就相依为命，我又爱她又宠她，她没有什么不满足的事……"

“并不是不满足，而是独占性！”寒山打断了她，“她从六岁起就在剥夺你交男朋友的自由！她在利用你的爱心，达到她独占你的目的，她知道你的弱点，她就利用这项弱点，只要她一天接一天地生病，你就一天接一天地没有自由……”

她的脸色变白了，她的眼神阴暗。

“你……你……”她开始有些激动，“你根本没弄清楚！这样说是冷酷的！你不了解雨婷！她从小就没有自我，她一心一意要我快乐，每次生病，她都对我说：对不起，妈妈。我好抱歉，妈妈……”

“我知道！我亲耳听过几百次了！”他又打断了她，沉声地，坚定地，几乎是冷酷地说了下去，“她越这样说，你越心痛，只要你越心痛，你就越离不开她！我曾经有个女病人，也用这种方式来控制她的丈夫，只要丈夫回家晚三分钟，她就害病晕倒。我告诉你，你必须面对现实，雨婷最严重的病，不在身体上，而在心理上。她在折磨你，甚至于，在享受你的痛苦，享受你的眼泪，记住，她做这一切是出于不自觉的，她并不是故意去做，而是不知不觉地去做……”

“不是！”她叫了起来，无法控制自己的情绪，她眼睛里涌满了泪水，“你这样说太残忍，太冷酷，太无情！你在指责她是个自私自利而阴险的坏孩子！但是，她不是！她又乖巧又听话，她一切都为别人想，她纯洁得像一张白纸，善良得像一只小白兔！她没有心机，没有城府，她是个又孝顺又听话又善解人意的女孩！你这样说，只因为你查不出她的病源，你无能，你不是好医生，你们医生都一样，当你查不出病源的时候，你们就说她是精神病！"

夏寒山站在那儿，他静静地望着她，静静地听着她激动的、带泪的责备。他没有为自己辩护，也没为自己解释，当慕裳说他"无能"的时候，他只轻微地悸动了一下。然后，他慢慢地走到咖啡桌边，把摊在桌上的病情资料和 X 光照片收进医药箱里去。慕裳喊完了，自己也被自己激烈的语气吓住了，她呆坐在那儿，呆望着他收拾东西，眼看他把每一样东西都收进箱子里，眼看他把医药箱合了起来，眼看他拎起箱子，眼看他走向门口……她爆发地大叫了一声：

"你要到哪里去？"

他站住了，回过头来，他的眼神温柔而同情，他的声音里没有丝毫火气，却充塞着一种深切的关怀与怜恤，他低沉地说：

"放心，我会治好她！"

她陡然间崩溃了。她奔向了他，站在他面前，大大的眼睛里，盛满了悲凉与无助，盛满了祈求与歉意，她嗫动着嘴唇，呻吟般地低语：

"我昏了，我不知道在说些什么！"

他注视着那张茫然失措的脸，忧患、寂寞、孤独、无助、祈谅、哀恳……都明写在那张脸上。他又感到那种强烈吸引他的力量，不可抗拒般的力量。然后，他不知不觉地放下了医药箱，不知不觉地伸出手去，不知不觉地把她拉进了怀里，不知不觉地拥住了她，又不知不觉地把嘴唇盖在她的唇上。

片刻，他抬起头来，她的眼睛水汪汪地闪着光。她显然有些迷惑，有些惊悸，像冬眠的昆虫突然被春风吹醒，似乎不知道该如何来迎接这新的世界。可是，崭新的、春的气息，已窜入她生命的底层，掀起一阵无法平息的涟漪。她喘息地、惶惑地凝视着他，低问了一句：

"为什么这样做？"

"不知道。"他答得坦率，似乎和她同样惶惑，"很久以来，就想这样做。"

"为什么？"她固执地问。

"你像被冰冻着的春天。"他低语。

冰冻着的春天，骤然间，这句相当抽象的话却一下打入她的心灵深处，这才醒悟自己虚掷了多少岁月！她扬着睫毛，一瞬不瞬地望着面前这个男人，不，这个医生，他不只在医治病患，他也想挽住春天？忽然间，她有种朝圣者经过长途跋涉，终于走到圣庙前的感觉；只想倒下来，倒下来什么都不顾。因为，圣庙在那儿，她的神祇可以为她遮蔽一切苦难，带来早已绝缘的幸福和春天！

她低下头，把前额靠在他的肩上，那是个宽阔的肩头。他的手仍然环抱着她的腰。

"请你——治好她。"她低语。

"不只治好她，也要治好你。"他也低语。

"治好我？"

"她病在要独占你，你病在要被独占。人生很多事情都是这样的因果关系，一个愿打，一个愿挨。你给了她太多的注意力，如果要治她，先要治你。假若你不那么注意雨婷，你会发现这世界上除了雨婷之外，还有很多其他的事物。对雨婷而言，也是一样，她不能终身仰赖母亲，她还有一段很漫长的人生。"

"很漫长的人生?"她玩味着这几个字，欣喜的感觉随着这几个字，流进了她的血液，在她周身回转着。很漫长的人生，她不会死，她不会死，她要活到一百岁！抬起头来，她注视着他那男性的、充满了温柔与力量的脸，谁说他仅仅是个医生而不是上帝？谁说的？

她更加地靠紧了他，心中充塞的，并非单纯的男女之情，更多的，是属于信徒对神的奉献、仰赖与崇拜。

第四章

　　夏季来临的时候，阳光更加灿烂了，几乎天天都是大晴天，校园里，杜鹃花刚刚凋零，茉莉花的香味就浮荡在空气中了。这天早上，夏初蕾在校园的一角，发现一棵少见的石榴树，居然在树上找到一朵早开的石榴花，她就像哥伦布发现新大陆似的，拉着梁致秀来欣赏，高兴得手舞足蹈。致秀看她那神采飞扬的样子，看她那嫣红的面颊，和那对使无数男同学倾倒的眼睛，心里就不能不微微惊叹。从小，自己也被亲友们赞美"是个美人坯子"。可是，站在初蕾面前，她仍然自叹不如。倒不完全是长相问题，除了长相之外，初蕾的一颦一笑、一举手一投足之间，就有那样一种说不出的韵味。无论多夸张的动作，到了她身上都变成了自然。怪不得自己那两个傻哥哥，见了她就都失去了常态！

　　"致秀，"初蕾喊着，"我从不知道石榴花的颜色会这么艳，难怪古人会说，'五月榴花红似火'了！"

"你知道这朵石榴花像什么吗?"致秀问。

"像什么?"

"像你的名字。夏天初生的蓓蕾。"

"噢!"初蕾会过意来,笑得更加开朗了,"真的!夏初蕾,确实有些像。致秀,你这人还相当聪明。"

"够资格当你的小姑子吧?"致秀笑嘻嘻地问。

"小姑子?"初蕾一时脑筋转不过来,"什么叫小姑子?……哎呀,哎呀!"她想明白了,大叫,"你这鬼丫头嘴里就没好话!"

"没好话吗?"致秀灵活的眼珠在她脸上转了一圈,"我觉得,这是句再好也没有的话了。从大一起,我刚认识你,我就对自己说,这个夏初蕾啊,应该当我的嫂嫂,要不然,我那么热心把你往我家里拉啊?那么热心安排郊游啊?一会儿爬山,一会儿游水,一会儿吃烤肉……"

"好哇!原来你跟我好,是有目的的!你这人真真真……真真……"她一连说了五个"真",却真不下去了,跺了一下脚,她说,"实在气人,偏偏我爸爸妈妈只生我一个,假若我也有哥哥就好了。喂,"她蓦然转变了话题,"你知道我爸为什么给我取名字叫初蕾吗?"

"为什么?"

"爸爸喜欢小孩,他说想生半打,我是第一个,就取名叫初蕾,他预备第二个叫再蕾,第三个叫三蕾,第四个叫四蕾……就这么一路蕾下去!"

"如果生了男孩子也蕾下去呀?"

"不，生了男孩子，就把蕾字上面的草头去掉，用打雷的雷字。"

"想得很好，不过，如果生到第十一个，取名叫夏十一蕾，生到第十二个，叫夏十二蕾，搞不好再有夏十三蕾，夏十八蕾……"

"胡说！"夏初蕾笑弯了腰，"又不是生小猪，哪有这样子生法的！"

"那可说不定，我家隔壁的阿巴桑就生了十一个孩子。"致秀说，把话题扯了回来，"你爸爱孩子，怎么就生了你一个呢？"

"我妈不肯要啊！她生我是难产，差点死掉，她吓坏了，爸爸也吓坏了。而且，我妈爱漂亮，她说生了我，腰粗了两寸，再也不要孩子了。我爸爸爱我妈妈，妈说不要就不要，于是，我这个初蕾，也就成了唯一蕾了。"

"你妈是很漂亮，"致秀说，"跟你站在一起，就像姐妹一样。我妈就不行了，好像比你妈老了一辈似的。不过，生活环境不同，我爸当了一辈子公务员，家里很苦，又有三个孩子……"

"所以，我妈说女人不能生太多孩子啊！"

"你可别说这话！"致秀笑着说，"如果我妈不生三个生到我，我就不会跟你同学，如果我不跟你同学，你嫁给谁去？"

"你在说些什么鬼话呀？"初蕾叫，"你以为我嫁不出去，一定要嫁到你家吗？"

"我没说呀！"致秀赖皮地说，"你别小看我两个哥哥，女孩子倒追他们的多得很呢！我大哥在大学读书的时候，有个女同学暗恋他，为他中途辍学去当了修女！我二哥读高二的时候，就有女孩子写情书给他了。"

夏初蕾的兴趣，不知不觉地被勾引了起来，她收住笑，注视着致秀，深思地说：

"致秀，你喜欢你二哥，还是喜欢你大哥？"

"哈！"致秀笑了，"这正是我一直想问你的话！你怎么反问起我来了？"

"哎！"初蕾的脸顿时涨红了，她反身就往教室跑，一面跑，一面叫着说，"我不跟你鬼扯了，还要去上选修的心理学！"

"我等你！"致秀在她身后喊，"下了课到我家去，我妈说，她包饺子给你吃！"

"我不去！我也不吃！"初蕾边跑边说。

"随你便！"致秀笑着嚷，"反正我没课了，我就在这儿等你，下了课你不来，我可就走了！我不是你的男朋友，没耐心多等，你听到没有？"

"没听到！"夏初蕾回头笑嘻嘻地大叫了一声，就跑得无影无踪了。

致秀目送她的影子消失在那文学院的大楼下，她回过身子来，对那朵石榴花看了半晌。然后，她选择了一块阴凉的树荫，席地而坐。摊开了一本《中国断代史》，她开始看起书来。六月就要期终考了，转眼大三就要过去了。她瞪着书上一页什么"藩镇割据图"，却一点也看不进去。她心里在想着初蕾，她和初蕾并不同系，她念的是历史系，初蕾念的是哲学系，但是，她们在大一时，曾经一起上过社会学和经济学的课，两人一见而成知己。不过，她却没料到，初蕾会在她的家庭中，构成一股看不见的暗潮。她想起初蕾的话：

"致秀，你喜欢你二哥，还是喜欢你大哥？"

用手托着下巴，她情不自禁地，就呆呆地出起神来了。她想着大哥致文和二哥致中。致文深沉含蓄，致中豪放不羁。致文对人对事都很认真，致中却有些玩世不恭。喜欢谁？以一个妹妹的立场，实在很难说。她喜欢大哥的沉稳，喜欢二哥的潇洒。可是，如果把自己放在初蕾的立场呢？她微侧着头，静静冥想，禁不住脱口而出：

"我选大哥！"

为什么选大哥呢？初蕾太活了，需要一个让她稳定的力量，也需要一个比她年纪大一些的男人。致文已经二十七岁，致中才二十四。致文温柔细致，懂得体贴女人。致中却还没有定型，整天嘻嘻哈哈的，对女孩子只有三分钟热度。她想到这儿，就再也坐不住了，所有的心思，都飘到大哥身上去了。何况，大哥学文，和初蕾的兴趣接近，致中学工，却完全是另外一个方向。她想着想着，越想心头越热，但是……但是……她蹙起了眉头，但是那要命的大哥呵，做事永远慢半拍！他对初蕾到底有情还是无情呢？为什么至今没展开攻势？是为了二哥吗？可能！致文一向把手足之情，看得比什么都重！

"看样子，"她自言自语，"爱神需要一点助力，这就是有妹妹的好处了！"她猛地从草地跳了起来，说做就做！没时间再犹豫。她直奔向图书馆，那儿有公用电话，打个电话给大哥去！到了图书馆门口，没想到那公用电话前排了一大排人。等不及，她又奔向学生育乐中心，那儿也有人占线。她站在那儿焦急地等着，好不容易才挨到她。她立即拨到致文的办公室，致文在 X 大学当助教。台湾的教育制度，助教是要上班的，但是工作非常轻松，升等却必须做论文。致文大部分的时间都在写论文，因此，他的上班也是形式，偶尔，他也可以溜班。

电话接通了，致秀立即热心地说：

"大哥，可不可以出来？"

"现在吗？干什么？"

"有好事找你。"

"说说看！"

"你到我们学校来，立刻就动身！"

致文沉默了一下。

"干什么？"他狐疑地问。

"你走进校门，就往右拐，通过第一幢建筑，你就可以看到一棵高大的红豆树，在红豆树后面，有一排杜鹃花，杜鹃花旁边，有一棵石榴树，在那棵石榴树前面，有一个人在等你！"

他屏息片刻，"是谁？"他有些明知故问。

"你想是谁？当然是她啦！"

他又迟疑了一会儿，似乎有所顾忌。

"她要你打电话给我的吗，还是你自作主张？"

该死！他还在那儿举棋不定呢！下课钟早就响了，她再也没时间跟他啰唆，她很快地说：

"你别问了，再不来就晚了。我不告诉你是谁叫你来的，只告诉你一句话，爱情是不能谦让的哦，你不要像孔融让梨似的把它给让掉了！"

梁致文似乎窒息了一下，立即，他的声音很快地响了起来：

"我马上就来！"

"越快越好，"她叮嘱着，"别带她回家，带她到郊外去，带她坐咖啡馆去，带她看电影去，都可以。就是不要带回家，知道吗？好了，你快来，我先去绊住她！"

摔下听筒，她转身就往石榴树的方向跑去。

当致秀去打电话的同时，初蕾已经回到了校园里。在那棵石榴树前绕来绕去，她就是找不着致秀的影子。她四面张望，一个人都没有，看看表，她也不过只迟到了五分钟。她咬咬牙，禁不住就骂了句：

"居然说不等就不等！可真神气，她以为我巴不得去她家吃饺子呢！"

她越想越懊恼，掉转身子，气呼呼地就往校门口走。她到校门口，致秀到校园，两人刚好错开。谁知，这一错开，就把致秀所有的计划都错开了。

初蕾走出校门，抱着书本，往公共汽车站走去，刚刚走到车站，就有个年轻人，骑着辆熟悉的摩托车，一下子向她冲了过来。她定睛一看，是梁致中！心里第一个闪过的念头就是：好哇！致秀在捣鬼！怪不得不等我呢！她抬眼望着致中：

"怎么不上班？"

"工厂进机器，今天停工一天！"致中四面张望，"咦，致秀呢，她怎么不跟你在一起？"

还装呢！初蕾撇了撇嘴。

"你怎么知道我在这里？"她问。

"谁说我知道？"他做了个鬼脸，"我碰巧而已！"

"哼！"她轻哼着，背转身子。

"喂，坐到我后面来，"他说，"我带你去一个地方！快点！"

他声音里面有命令的语调，她更恼火了。

"不去！"她简单地说。

他斜睨着她，想了两秒钟，然后，他用手抓了抓那被风吹得凌乱不堪的头发，忽然笑了。

"好好好，"他咬咬牙说，"我招了！我安心在等你，好了吧？你今天上完心理学就没课了，我已经查得清清楚楚，好了吧？"

这还差不多，她咬住嘴唇，想笑。微微扬起睫毛，她从眼角偷窥他，这浑小子的脸居然红了。他也会脸红，岂不奇怪！那天不怕地不怕的梁致中，那对什么都满不在乎的梁致中，居然也有脸红的一刻！不知怎的，他那脸红的样子竟使她心中怦然一动。她不再刁难，不再违抗，就身不由己地坐上摩托车的后座，伸手抱住了他的腰。

梁致中发动了马达，车子呼的一声向前冲去。风吹散了初蕾的头发，她不得不把面颊靠在致中的背上，免得头发跑进眼睛里。她在后面喊：

"你带我到什么地方去，你家吗？"

"不！去青草湖划船去！那儿有一种帆船，很好玩！包你喜欢！"

"致秀说你妈今晚要请我吃饺子！"初蕾喊，心里忽然掠过一个人影。有种微微的不安，就悄悄地袭上心头。

致中的背脊挺了挺。

"我妈的饺子，你随时都可以吃！"他含糊地说，又喊，"抱紧一点，我要加速了！"

他加快了速度，初蕾双手圈住了他的腰，把面颊紧偎着他的背脊。车子从校门口飞驰过去，初蕾眼睛一亮，忽然看到致文从一辆计程车里出来，大概受摩托车声音的吸引，致文回过头来，正好和初蕾的眼光接触。她皱皱眉，不可能的！她想，她一定是眼睛花了。绝不可能兄弟两个都跑到校门口来！但是，那一瞥是如此真实，竟使她神思恍惚了起来。致中在前面对她一连吼了好多句问话，她竟一句也没有听见。终于，致中大叫：

"初蕾！"

她蓦然一惊，"干吗？"她问。

"你在想什么？"

"我……我……"她嗫嚅了一下，仍然坦白地说了出来，"我好像看到了致文。"

戛然一声尖响，摩托车紧急刹车，车子停住了。致中回过头来，简简单单地说：

"你还是到我家吃饺子去吧，我不送你去！我要到青草湖去划船。你既然不想去，我就找别人跟我一起去！"

她呆了呆。

"我又没说不想去！"她委屈地说。

他停好车子，站在街边，他的眼睛亮晶晶地盯着她，里面又有那种近乎狰狞的光芒，他的脸色正经而严肃，从没有如此严肃过。他的声音冷淡而僵硬：

"让我告诉你一句我早就想说的话：我和我哥哥之间，衣服可以混着穿，车子可以彼此骑，书本可以大家看，只有女朋友，决不能分享！假若你要继续东倒西歪，我从此退得远远的，我不会为你而伤兄弟感情！"

她站在那儿，在他灼灼的注视下而觉得呼吸急促。太阳直射在她头上，入夏以来，她第一次感到太阳的热力。她的头有些发昏，嘴唇干燥，而他那从来没有过的严肃态度竟使她的心脏怦怦跳动。忽然，她明白了过来，这玩世不恭的浑小子，这从不认真的浑小子，这满不在乎的浑小子……正在对她做唯一一次感情的表白！

她深吸了口气，睁大了眼睛，怎么？小说中的谈情说爱不是这样的。怎么？连一句温柔的话都没有？怎么？他是这样凶巴巴而气呼呼的？但是，怎么？自己竟然那么喜爱这些僵硬而冷淡的言语！

"怎样呢？"他再问，"你要跟我去青草湖，还是要到我家去吃饺子？"

她用舌头舔舔嘴唇，轻声说：

"饺子随时都可以吃，是不是？"

他盯了她好几秒钟，逐渐地，他的眼睛里充满了笑意，但是，他的声音仍然是鲁莽而命令性的：

"上车！"他说。

"是！"她重新坐上了车子。

几分钟后，车子已经飞驰在郊外的公路上了。

同时，致秀和致文正并立在那朵初开的石榴花前面。兄妹二人，面面相觑，都有许多话，不知从何说起。致秀有些懊丧，自从听到致文说：

"我在校门口看到初蕾，致中把她带走了。"

她就开始沮丧了。事实上，两个都是哥哥，在今天以前，她并不觉得初蕾该属于二哥或大哥，她认为，无论哪个哥哥得到她，都是一件好事。但是，现在，她却觉得有些不对劲，一种强烈的、自责的情绪把她抓住了。

"大哥，我想都是我不好，我弄巧成拙！"终于，她先开了口，"如果我不去打电话，如果我始终和初蕾在一起，如果我没有离开这朵石榴花……"

"别说了！"致文轻声说，嗒然若失地望着那朵娇艳欲滴、含苞待放的石榴花，"怎么能怪你呢？你都是出于好意，是我……"他陡然咬紧牙关，致秀看到他下颚的肌肉在微微抖动，他的声音里竟带着震颤，"是我没缘分！"他伸手抚摸那朵石榴花，强迫自己把注意力集中到别处去，"从没看过这么漂亮的花！"他哑声说。

"是初蕾发现的，"致秀不假思索地说了出来，"我说，这像她的名字，夏天的第一朵蓓蕾。"

"哦！"致文慌忙缩回手，好像那朵花上有刺刺着了他。

致秀惊愕地看着致文，她在这一刹那间，才领会到致文对初蕾用情竟已如此深挚！感动，同情，怜悯……各种情绪，像潮水般对她淹了过来。她不由自主地说：

"大哥，你别放弃！初蕾和二哥出游并不代表什么，你可以去竞争呀！"

"竞争？"致文苦笑了一下，"和致中去竞争？去伤兄弟间的感情？何况，即使伤了兄弟感情，不见得会得到初蕾。你没看到他们刚刚在一起的神情，他们又亲热又快活……"他咽住了，半晌，才又低沉而沙哑地说，"其实，他们真相配！都那么调皮，那么活泼，那么无拘无束的……"他低下了头，不再说话了。

他们默默地在校园中走着，离开了石榴花，穿过了杜鹃花，那棵高大的红豆树正亭亭如盖地耸立着。致文低垂着头，漫不经心地走进那树荫下面，弯下腰，他从地下拾起一个熟透的豆荚，打开豆荚，有一颗鲜红的红豆滚进了他的掌心中，他喃喃地，低声地念了两句：

"是谁把心里相思，种成红豆。待我来碾豆成尘，看还有相思没有？"

致秀听不清他在咕哝些什么，诧异地问：

"你在说什么？"

"我在念刘大白的诗。"他仰头看那棵大树，苦笑得更深了，"中国人总把红豆树当成相思树，其实是两码子事。但，我从不知道，一颗小小红豆，会长成这样巨大的树木。怪不得……古人称红豆为相思子。"

致秀的眼眶湿润了。

"大哥。"她低声叫。

致文忽然站定了，回过头来，坚定地望着她。

"致秀，我有没有告诉过你，今年暑假，我要去山上写论文？"

"山上？"致秀怔了怔，"干吗去山上写？"

"山上安静一点，可以专心工作。明年，我一定要升等，总不能当一辈子助教。"

致秀瞪着他，傻傻地点了点头。

他伸手摸摸致秀那被太阳晒得发热的短发，忽然笑了。笑完，他正色说：

"你一定要告诉致中，这一次，不能只有三分钟热度了！"

致秀更深地望着他，再傻傻地点了点头。

他握住那颗红豆，大踏步地往校外走去了。

第五章

　　对初蕾来说，这个暑假过得好特别。忽然间，生活的主人就再不是"自己"，而变成了"致中"。陪他去郊外，陪他到工厂，陪他工作，陪他游戏，陪他听原野的风声和鸟语的啁啾。致中喜欢户外生活，几乎只要他有假日，他们都在郊外或海边度过。忙碌的生活使初蕾透不过气来，而忙碌之余，她却总有那样一抹甩不开的惆怅。致文走了。刚放暑假他就带了个铺盖卷走了。据说，他上了一座很原始的高山，到林务局的招待所里写论文去了。一去就整整三个月。见不到熟悉的致文，常使初蕾有种若有所失的感觉。每次她去梁家，总是习惯地，见到梁太太就要问：

　　"伯母，致文什么时候回来？"

　　"不知道呀！"慈祥的梁太太笑着说，"这孩子，连一封信都没有！"

　　问多了，致中就有些火了，有次，他叉着腰问：

"你是来找大哥的，还是来找我的？"

她看着致中，却不敢多说什么。致中那任性而外向的个性，在这个假期里可以说是表现无遗了，而且，他有些专制，有些跋扈，有些蛮横……但，这应该不是致中的缺点，当初，吸引了初蕾的，也就是这些专制、跋扈、蛮横的男儿气概呀！

这天，初蕾、致中、致秀和赵震亚一起去海滨浴场游泳。天气相当热，海滨浴场挤满了人，绝大多数都是年轻人，成群结队的，带着滑水板，带着橡皮艇，在海边嘻嘻哈哈地追逐笑闹。初蕾穿了件崭新的游泳衣，是鲜红色三点式的。她很少穿三点式的泳衣，这件泳衣把她那少女的胴体暴露无遗。她那挺秀的胸膛，浑圆的臀部，修长的腿，和那不盈一握的腰肢……全展露在游人的眼前，吸引了许多人的目光。初蕾在享受她的青春，享受她的美丽，享受她的引人注意。她毫不在意地躺在橡皮艇中，随波上下，头枕着橡皮艇的边缘，微闭着眼睛，脸被太阳晒成了红褐色。

致秀坐在沙滩上，望着初蕾，她忍不住发出一声轻叹，由衷地赞美着：

"只有初蕾，才配穿比基尼。"

"我最讨厌比基尼！"致中恼火地说，"谁要她只穿这么一点点？她如果舍不得买游泳衣，拿我的手帕去缝一缝，也比现在遮得多一些！"

致秀皱起了眉，惊愕地看着致中。

"你真没良心，"她说，"初蕾为了买这件游泳衣，不知道跑了多少家服装店。你以为这件比基尼便宜吗？贵得吓死人！她要漂亮，还不是为了你！”

"怎么为了我？"致中瞪大眼睛。

"士为知己者死，女为悦己者容！"

"哈！算了！"致中说，"她是虚荣，她成心要引人注意……你瞧你瞧，真他妈的！"

有两个年轻人游到橡皮艇旁边去了，一边一个，他们扶着艇缘，正和初蕾说着什么。初蕾也笑吟吟地答着话。致中猛然从沙滩上跳了起来，往海浪里就跑。致秀看他一脸凶相，在后面直着喉咙喊：

"二哥，咱们是出来玩，你别和人吵架！"

赵震亚坐在致秀身边，也伸长了脖子往前看：

"我不懂致中为什么生气，"他说，"我不懂他为什么不喜欢比基尼，我也不懂他为什么要骂初蕾！"

致秀瞪着他，转过头去，打肚子里叽咕了一句：

"我不懂二哥从哪儿找来了你这个树桩子，更不懂他为什么要把我塞给你？"

在海中，初蕾正和那两个年轻人谈得起劲，大有一见如故的样子，她笑得像朵刚开的芙蓉。那两个年轻人得寸进尺，几乎想爬到橡皮艇上去了。致中从海浪里直蹿过去，潜入海底，他在水中轻快得像一条鱼。只几个起落，他已潜到橡皮艇下面，伸手向上一托，他陡然就把橡皮艇翻了个身。

初蕾大叫了一声，完全没有防备到橡皮艇会翻身，她整个人都滚进了海浪里，正好，有个大浪卷了过来，她的身子还没平衡以前，就被那浪直卷到海里去，她心中一慌，本能地张嘴想呼救，谁知才张开嘴，海浪就往她嘴中灌了进去，她连喝了好几口海水，吓得魂飞魄散。好不容易，才感到有人抓住了她的胳膊，又托起了她的身子，把她送上了水面。

她站起身子，双腿还浸在海浪中，她用双手抹去睫毛上的水珠，狼狈地睁开了眼睛，这才一眼看到，拉她起来的是致中，正用一对炯炯有神的眸子紧盯着她，唇边，带着半讥讽、半得意、半调侃、半邪门的笑。

"海水好不好喝？"他冷冷地问。

初蕾脑子里有些迷糊，她还没弄清楚，自己这一跤是怎么摔的。她望着致中，诧异地说：

"不知道是怎么回事，好好的，橡皮艇就翻了！"

"不知道是怎么回事？"致中打鼻子里哼着，"告诉你，是我弄翻的！让你喝两口海水，给你一点教训，看你以后还敢不敢像交际花一样躺在那儿招蜂引蝶！"

"什么？"初蕾瞪大了眼睛，"是你弄翻的？是你在整我？你说……你说些什么鬼话？"她气得话都说不清了，"我像什么……什么……"

"像交际花，像荡妇！"致中嚷开了，"躺在那儿对每一个男人抛媚眼……"

"你……你……你……"初蕾又气又急又恨，涨红了脸，她头发上的海水不住流下来，滚在她睫毛上，遮住她的视线。她口齿不清地，结舌地，用力地大喊出来，"你这个混蛋！"

"你骂我混蛋？"致中的脊背也挺直了，怒气遍布在他的眉梢眼底，他一把握住了她的手腕，"我警告你，尽管你是我的女朋友，你也不可以骂我混蛋！"他大吼。

"你混蛋！你混蛋！你混蛋！你混蛋！你混蛋……"初蕾一迭连声地破口大骂，"你就是个混蛋！不折不扣的混蛋！莫名其妙的混蛋……"

附近的游人全被惊动了，许多人都回过头来张望，几个小顽童戴着橡皮圈，游过来看热闹，也学着初蕾的语气，低低地叫："你混蛋！你混蛋！你混蛋……"

致中气得发抖，眉毛凶恶地拧在一块，眼睛也直了，他恶狠狠地瞪着初蕾，正要说什么，那两个肇事的年轻人也被惊动而奔过来了，其中一个，一把就拉住了初蕾那赤裸的手腕，叫着说：

"发生了什么事情？"

致中转向那年轻人，放眼看去，对方又高又帅，眉目英挺，站在那儿，颇有几分英爽逼人之气。他心中的怒火和醋意，一下子就像火山爆发般喷射了出来，一发而不可收拾。他扑了过去，一只手抓住那年轻人的肩，另一只手就握紧拳头，闪电般对他下巴上挥了过去，嘴里叫着说：

"都是你！揍你！看你以后还敢随便钓女孩子不！"

那年轻人措手不及，被打了个正着，站立不稳，他向后面就栽了过去。他倒下的身子，又正好压在一个胖女人的身上，那胖女人尖声怪叫，附近的人也纷纷大叫，扑着水躲开，初蕾也放开喉咙大叫：

"你疯了！梁致中！你是个发疯的混蛋！"

一时间，尖叫声，扑打声，水花飞溅声……闹了个天翻地覆。那年轻人已爬了起来，他的同伴也过来了，那同伴戴了副近视眼镜，文质彬彬的，一个劲儿地喊：

"小方，你怎么跟人打架呢？小方，有话好好说呀！小方，你不要发火呀！小方……"

那小方站在那儿，一脸的恼怒与啼笑皆非，他叫着说：

"你看清楚，是我要打架，还是人家要打我？这个疯子不知道从哪个精神病院里逃出来的……"

他一句话没有说完，梁致中的第二拳又对他挥了出去。这次，小方显然已有准备，他轻巧地闪开了这一拳，身子跳得老远，溅起了一串水花。致中又对他扑过去，幸好，梁致秀和赵震亚全奔了过来，致秀只简单地吼了句：

"震亚，抱住他！"

赵震亚就冲上前去，用他那对像老虎钳一样的胳膊，从致中身后，一把就牢牢地抱住了致中。致中又跳又叫，赵震亚却抱牢了不松手，致中跳着脚叫：

"让我揍那个瘪三！"

"我看你才是瘪三呢！"致秀对致中吼，回过头来看初蕾。

初蕾站在海水中，正用手背抹眼泪。致秀认识初蕾这么久，还是第一次看到她哭。她显然是又气又羞又伤心，她一边抹眼泪，一边对致秀说：

"致秀，你过来，我给你介绍，这位是方医生，刚刚从台大毕业不久，在我爸爸那儿当住院大夫，他叫方昊，我们都叫他小方。那一位是鲁医生，我们叫他小鲁。"她再转向小方，仍然在擦眼泪，"小方，这是我最要好的同学，叫梁致秀。"

致中呆住了，致秀也尴尬万分，她回头恶狠狠地瞪了她二哥一眼，就掉头看着小方歉然地说：

"真对不起，方医生，我想，大家有点误会……"

"叫我小方就好了！"小方慌忙说，对致秀爽朗地笑了起来，两排洁白的牙齿映着太阳光闪亮，"我们今天休假，到这儿来游泳，刚好碰到初蕾……"

"我和小方他们很熟，"初蕾接话说，又用手背擦眼泪，她的声音里带着哽咽，"遇到了大家都很开心，正在那儿谈天，你那个疯子哥哥就跑来了……"她眼眶全涨红了，用手揉着眼睛她哽塞着说，"我从没有这样丢人过！"咬了咬嘴唇，她再说，"致秀，你们继续玩，我去换衣服，先回家了。"

她掉转身子，回头就往沙滩走，致秀慌忙冲过去，一把抱住她，赔笑地注视着她，笑嘻嘻地说：

"别这样，初蕾。我代二哥向你道歉，行了吧？大家高高兴兴地出来玩，闹成这个样子多扫兴！"她对初蕾又鞠躬，又做鬼脸，"喏，千错万错，都是我的错，我该盯牢我那个鲁莽的混蛋哥哥……"

初蕾推开了她的手，泪珠还在眼眶里打转。她一脸的萧索和沮丧，固执地、坚决地说：

"这与你毫无关系，你不要乱担罪名。我真的要回家去，我已经一点兴致都没有了！"

她挣脱了致秀，径直走到沙滩上，弯腰拾起自己的浴巾，转身就向更衣室走去。致秀眼看局面已经僵了，她知道初蕾一旦执拗起来，是九牛也拉不转的。她回眼看致中，对致中做了一个眼色，致中呆站在那儿，浑浑噩噩地还没清醒。致秀忍不住说：

"浑球！你还不去把她追回来！"

一句话提醒了致中，他拔脚就往沙滩上奔。偏偏那力大无穷的赵震亚，仍然箍牢了他不放，他挣扎着说：

"赵震亚！你还不放手！"

赵震亚望着致秀：

"致秀，我可以放开他吗？"他愣头愣脑地问。

"唉唉！"致秀跌脚说，"松手呀！傻瓜！一个傻，一个浑，唉唉，要命！"

赵震亚奉命松手，致中就像箭一样射向了沙滩。小方注视着这一幕，虽然莫名其妙地挨了一拳，他却没有丝毫怒气，反而感到挺新鲜的。尤其，当致秀抬起头来看他，那对乌黑闪亮的眼珠温柔地射向他，那薄薄的小嘴唇微向上翘，她给了他一个抱歉而甜蜜的笑，他就觉得自己轻飘飘的像天上的白云一样了。

"对不起哦，小方。"她的声音清脆而娇嫩，"你一定能够了解……我哥哥对初蕾啊，是那个……那个……"她不知道如何措辞，就化为了嫣然一笑。

"我了解，我完全了解！"小方慌忙说，下意识地揉了揉下巴，"不打不相识，对不对？"

致秀望着他，她欣赏他的洒脱，也喜欢他那份随和，她唇角的笑意就更深了。小鲁一直站在旁边看，这时，他忽然拉住小方，把他拖开了好几步，在他耳边说：

"小方，你有几个下巴？"

"一个。"小方又摸摸下巴。

"你刚刚挨那一下是轻的，现在，你恐怕想挨一下重的，你再挨一下，包管你的下巴会裂成两个。"

"怎么？"

"你没有看到她身后那个印第安人啊？"

小方望向致秀，赵震亚那铁塔般的身子正挺立在那儿，胳膊又粗又黑又结实，像两根铁棍。他想了想，仍然大踏步走向前来，不看致秀，他径直走向赵震亚，微笑地伸出手去：

"我还没有请教，我该怎样称呼你？"

"我是赵震亚！"赵震亚率直地说，立即热烈地握住小方的手，他对任何友谊之手，都是紧握不放的。

致秀悄悄地低下头去，用脚尖拨着脚下的碎浪，以掩饰她唇边那隐忍不住的笑。因为，只有她注意到，小方伸出右手给赵震亚时，他的左手正紧护着自己的下巴呢！

当小方他们在海水中交换友谊时，致中已经在沙滩上追到了初蕾。他一下子拦在她前面，苍白着脸看她。

"你要到哪里去？"

"换衣服，回家！"她冷冷地说，眼眶红红的，泪珠依然在睫毛上轻颤。

"不许去！"他哑声说。

"哼！"她甩了一下头，绕到另一边，继续往前走。

他横跨一步，又拦住了她。

"你要怎样？"她抬起头来，恼怒地低叫，"你还没有让我出丑出够，是不是？你要对我用武力，是不是？你让开！我要回家！"

他盯着她，不动，也不说话，他们僵持了几秒钟，面面相对。终于，他往旁边让了一步，低声说：

"如果一定要走，你就走吧！假如你连我为什么发火，为什么出手揍人，你都不能理解，我留你也没有用。你要走，就走吧！"

他的声音里，一反平日的神勇，而变得低沉与怆恻。这语气立刻把初蕾击倒了。她用牙齿咬住嘴唇，蓦然间胸口发酸，新的泪珠就又涌进了眼眶里，她不由自主地吸了吸鼻子，又伸手去揉眼睛。看到她这种神情，致中狠狠地跺了下脚，粗声说：

"你不要哭吧！你再哭下去，我……"他用手抱着头，狼狈地在沙滩上兜圈子，"我……他妈的！你再哭再哭再哭我就……"他不自禁地又提高了声音，那凶巴巴的语气又出现了。

"你就怎么样？"她问。

"我就……我就跳海！"他冲口而出。

她大为意外，睁大了眼睛。她不相信地瞪着他。他鼓着腮帮子，脸涨得通红。大约他自己也没料到会冲出这样一句话，竟尴尬得无地自容了。她眼看他那涨红的脸，和那后悔不迭的样子，再也忍不住，就扑哧一声笑了，泪珠还挂在面颊上呢！他瞪她一眼，背过身子，嘴里叽里咕噜地说：

"又哭又笑，小狗撒尿！"

"你又在说什么粗话？"她问。

他抬头去看天空。

"没，没有。"他说，"我只动了动嘴唇。"

"哼！"她又哼了一声，这一声哼里，已经充满了温情与笑意了。

"好了！"他粗声说，"你闹够了吧？闹够了我们就游水去！"

"我闹够了吗？"她又气又笑，"你弄弄清楚，是你在闹还是我在闹？"

"好了！好了！"他不耐烦地皱起眉，"不管是你在闹，还是我在闹，都该闹够了！"他伸手抓住了她的手，"我们游泳去吧！"

"我不去！"她摔开了他，"怪没面子的！"

"哟！"他怪叫，"你又不去了？那你要干什么？"

"我还是回家去！"她要往更衣室走。

他再度拦住了她。

"你敢！"他说，眉毛一耸，又原形毕露，"你最好不要把我惹火了！"

她一怔，站住了。

笑意从她的眼底隐没，她站在那儿，像一座冰冷的石像，她的眼珠悲哀而无助地停在他脸上，她的声音变得幽冷而凄凉：

"我懂了。"

"你懂什么了？"他不解地问。

"你永远不可能改变！你是个暴君，是个以自我为中心的人，你根本不适合交女朋友！你不懂温柔，不懂体贴，不会代别人去想！你也不需要女朋友，你需要的，是个言听计从的女奴隶！可是，我不可能当你的女奴，我自尊心太强，你……你……你选错人了！"

她一口气说完，就直冲进更衣室里去了。

他呆站在那儿，默默地回味她这些话，思索这些话，烈日直射着他，他却动也不动。然后，他看到她换好洋装，从更衣室里走出来了。她似乎根本没看到他，掠过他的身边，她往海滨浴场的大门走去。

"等一下！"他命令地喊。

她微微悸动，却自顾自地走，充耳不闻。

他冲上前去，伸手扳住她的肩。

她回过头来，看他。

"要动武？"她问。

他凝视她，眼底是一片苦恼。他动了动嘴唇，无声地说了两个字，她不懂他的意思，困惑地望着他，问：

"你说什么？"

他再动了动嘴唇。

"我听不见。"

于是，他低低地说了出来：

"我改。"

她屏息片刻，呆望着他。

“我改，”他重复了一遍，“你骂得对，我改。”他的声音低得像耳语，“不要走，给我机会。”

她发出一声热烈的低喊，尽管是在众目睽睽之下，她却忘形地投入了他的怀里，用手抱住他的腰。她把面颊依偎在他那赤裸的、被太阳晒得发烫的胸膛上，一迭连声地说：

“我们不要再吵架了！不要再吵架了！不要再吵架了！不要再吵架了！”

他拥住她，伸手摸她那刚冲洗过的短发，喃喃地说：

“我保证，我会改好，一定改好！以后不发脾气，不打架，不乱骂人，也不……让你生气！”

她贴紧他，心中一片感动，一片欢愉。是的，他改，他会改……他们会永远恩恩爱爱……

但是，真的吗？暑假的最后两天，却又发生了一件不可原谅的事情。

第六章

事情还是初蕾引起来的。只因为那天早晨她很无聊，只因为天气太好，只因为她看到天边有一片浮云，样子像极了一匹威武的白马，只因为她心血来潮……说了这么一句：

"我想骑马。"

于是，致中带她到了马场。

初蕾从没骑过马，也从不知道台湾有马场，更不知还有马论小时出租。当那匹棕色马被拉到她面前时，她像个小孩般兴奋，拍抚着马的鬃毛，她和那教练谈得热络：

"它叫什么名字？"

"安娜。它是匹母马。"

"哦，你们为什么给它取洋名字，多不顺耳！"

"因为它是西洋种呀！"教练笑着说，"它是进口的，来的时候才两个月大。"

"现在它多大？"

"六岁了。"

"噢，它是匹老马了！"

"不，应该说正在盛年，一匹马可以活到二十几岁。它的健康情形很好，我看，活二十几年没问题！"那教练热心地解释，他的个子很小，有一张讨人喜欢的娃娃脸，满身的活力与干劲。他拍拍马的背脊，"你不要怕它，它很温驯，是所有马匹里最温驯的一匹。你可以跟它说悄悄话，它喜欢听！"

"是吗？"初蕾高兴地问，立即跑过去在马耳边说了一大堆话，那匹马真的点头摆耳掀尾巴，一副"洗耳恭听"的样子，初蕾乐极了，抱着马脖子就给它一个拥抱，马也乖巧地用头在她身上摩擦，她喜悦地叫了起来：

"它喜欢我，你瞧，它喜欢我！"

"它还喜欢吃方糖。"教练说，放了两块方糖在初蕾掌心中，"你喂它。"

初蕾把方糖送到马鼻子前，那匹马立刻伸出舌头，从她掌心中舔去那两颗方糖，还意犹未尽地继续舔她，她歪着头看它，越看越乐。

"它有表情，你觉不觉得？"她问教练。

"岂止有表情，它还有思想。"

"你怎么知道？"致中大踏步地走上前来，板着脸，他一本正经地望着教练，粗声打断了他们的谈话：

"你们是计时收费，是不是？"

"是呀！"

"谈话时间算不算在内？"

那教练看了他一眼，一语不发地把缰绳交在初蕾手中，看了看表，简单地说：

"现在开始计时！"

说完，他转身就走进他的小屋里去了。

初蕾瞪着致中，心里有一百二十个不满。

"致中，你这人相当不近人情，你知不知道？"

"初蕾，"他凝视她，"你到底是要骑马，还是要谈马？让我告诉你一件事情，我是个穷小子，我的职业，说得好听是助理工程师，说得不好听，就是工头。我每个月薪水有限，假期也就这么几天。为了陪你，我已经贡献了我所有的时间和金钱。如果你要骑马，你就骑马，但是，你要花了我的钱去和别人'谈马'，我不当冤大头！"

"你……"她有些沮丧，有些败兴，有些生气，"你怎么这样没情调？如果你嫌我花了你的钱……"

"我一点也没有嫌！"他很快地接话，"我只是告诉你事实。我一生从没有对任何一个女孩这样迁就过，你最好不要……"

"最好不要惹火你，是不是？"初蕾挑着眉毛问。

"是。"他居然回答。

她抬起头来，愕然地睁大眼睛，还没开口，致中已经一拉马缰，简单明快地说：

"上马吧！"

她再看他一眼，强忍下心中的不满，走过去攀那马鞍。她觉得，自己竟然有些怕他了，怕他的火暴脾气，怕他的直眉瞪眼，怕他在人前不给她面子……而最怕的，还是吵架后那种刻骨的伤心。她不再说话，扶着马鞍，她费力地往上爬。头一次骑马，心里难免有点紧张，她爬了半天，就是爬不上去，她嘴里开始轻声叽咕：

"咦，奇怪，怎么它不跪下来，让我好爬上去！"

"你以为它是什么？"致中笑了，"是大象，还是骆驼，它还会对你下跪？"他扶住了她的臀部，把她往上用力一推，"上去吧！"

他的笑容使她心情一宽，喜悦又流荡在胸怀里。借他那一推之力，她的身子凌空而起，她一手扶着马鞍，另一手抓牢马缰，对着马背就潇洒地一跨，完全是电影上学来的"招术"，她自己觉得那动作一定又优美又潇洒又帅，她的头微向上仰，准备漂漂亮亮地坐下来，再漂漂亮亮地"驰骋"一番。谁知道，她一坐之下，只觉得什么东西猛撞了自己的屁股，疼得她直跳，而那"温驯"的马骤然发出一声长嘶，她就觉得像大地震似的，在还没闹清楚是怎么回事以前，已经摔到地下去了。

"哎哟！"她坐在地下直哼哼，"这是怎么回事？"

"怎么回事？"致中扬了扬眉毛，"你太笨了，就这么回事！"

"胡说！是你推得太用力了！"她打地上爬起来，"不要你帮忙，我自己来！"

"好！"他干脆往后退了两步，双手抱在胸口，一副"看好戏"的样子。

她弯腰附在马耳朵边，开始对它说悄悄话：

"安娜，你乖乖地让我骑，给我点面子，我待会儿买一大包方糖给你吃！"

那马一个劲地点头，用右前蹄踏着泥土，显然，它已经接受了"贿赂"。于是，初蕾像爱抚小狗似的又爱抚了它半天，这才小心翼翼地踏上那马镫。谁知道，这一次，那马根本没有容她上鞍的机会，就后蹄腾空，表演了一手"倒立"，初蕾哎哟一叫，又摔到地下去了。

当初蕾摔第三跤的时候，致中走过来了。

"你是在骑马呢，还是在表演摔跤呢？"他笑嘻嘻地问。

"你——"她摔得浑身疼痛，心里正没好气，给他这么一调侃，更是气不打一处来。她挥鞭就往他身上抽去，不假思索地骂了句，"你这个混蛋！"

他一把抓住了马鞭，正色说：

"我有没有警告过你，不可以骂我混蛋！"

她的背脊冒起一阵凉意，海滩上的一幕依稀又在眼前，咬了咬牙，她慌忙低垂了头，悄声说：

"你教我骑马，好不好？我不懂怎么样控制它！"

"让我告诉你实话吧，"他说，"我从没骑过马，我也不懂怎样控制它！"

"那么，你去请那个教练来教我！"

"我去请那个教练？你休想！我好不容易把他赶跑了，你又要我去请他？"

"你不去请，我就去请！"她往那小木屋走去。

他伸手一把抓住了她。

　　"你一定要跟我唱反调吗？"他问。

　　"不是跟你唱反调，"她忍耐地说，"我需要人教我，而你又不能教我，那个教练懂得马，他既然出租马，就有义务教我骑……你……你不要这样不讲理，你使我觉得，你总在没事找麻烦！"

　　"我不讲理？我没事找麻烦？"他的声音蓦然提高了，"我看你才有点不知好歹，莫名其妙！你说要骑马，我就陪你来骑马，像我这种男朋友，你到什么地方去找？不要因为我处处顺着你，你反而神勇得……"

　　他忽然住了口，因为，一阵均匀的马蹄声传来，他眼前突然一亮，就不自禁地被吸引了。初蕾忍着气，本能地顺着他的目光向前一看，也不由自主地呆住了。

　　眼前，有个浑身穿着红衣服的少女，红衬衫、红马裤、红马靴，头上歪戴着顶红帽子，手里拿着条红皮鞭，骑着一头又高又大的白马，正在场中优游自在地驰骋。她有一肩披泻如云的长发，有着修长的身段和神采奕奕的眼神。她骑在马上的样子真漂亮极了，帅极了，美极了，棒极了！简直就是电影镜头，红衣，白马，衬着绿野蓝天。初蕾微张着嘴，又羡慕，又佩服，又欣赏！

　　那少女显然看出自己被注意了，她骑着马驰向他们，在他们面前停住了。她有张白皙的面庞，挺直的鼻梁，乌黑的眼珠和薄薄的嘴唇。严格说起来，她不算美丽，但是，她那打扮，那神韵，那骑在马上的英姿，以及那笑吟吟的样子，却使她"帅"到了极点。

“怎么了？”她望着他们问，“马不肯让你们骑，是不是？”

“是呀，”初蕾说，惊叹地仰视着她，“你怎么骑得这么好？谁教你骑的？”

“没有人教我骑，我自己练！”她笑着，“你要征服马，不能让马征服你！”

致中胜利地扫了初蕾一眼，那眼光似乎在说：

“你这个笨猪！没出息！”

致中再望向那少女。

“你骑得好极了，”他由衷地赞美，“这匹马也特别漂亮，这么高，你怎么上去？”

那少女清脆地笑了一声，翻身下马，轻巧得像只会飞的燕子。她一定有表演欲！初蕾心里在低低叽咕。望着她抓着马鞍，不知怎样一翻，就又上了马背。她伏在马背上笑。对致中说：

“看见没有？”

“我来试试看！”致中的兴趣被勾起来了，他走过去，从初蕾手中接过了马缰，眼睛望着那少女。

“你别怕它！”那少女说，“你要记住你是它的主人！抓住马鞍的柄，对了，手要扶稳，上马的动作要轻，要快，好极了！抓牢马缰，勒住它，别让它把你颠下来！好极了，你很有骑马天才！现在放松马缰，让它往前面慢慢地走，对了，就是这样……”

初蕾不知不觉地退后到老远，目瞪口呆地望着这一幕。致中已经骑上了那匹棕色马，正在那少女的指导下缓缓前进，那少女勒住白马，跟了上去，不住在旁边指点，他们变成了并辔而驰。一圈，又一圈，再一圈……缓缓的马步逐渐加快，变成了小跑步……马蹄嘚嘚，清风徐徐，少女在笑，致中也在笑，小跑步变成了大跑步……初蕾心里有点糊涂，眼前的景象就变得好朦胧了。她觉得一切都像在做梦一样，完全不真实。他们那并辔而驰的样子像电影里的慢镜头，飞驰，飞驰，飞驰……他们从她面前跑过去不知道多少圈了。没人注意到她，终于，她低下头，默默地，悄悄地，不受注意地离开了马场。

她没有回家，一整天，她踯躅在台北的街头。遛马路，逛橱窗，无意识地望着身边熙来攘往的人群。黄昏时，她走累了，随便找家咖啡馆，她走了进去，坐在角落里喝咖啡。用手托着腮，她呆望着咖啡馆里那些成双成对的情侣。她奇怪着，这些情侣怎么有谈不完的话？她和致中之间，从来没有这样轻言细语过。他们疯，他们玩，他们笑闹，他们吵架……却从来没有好好谈过话。既没有计划未来，也没有互诉衷肠。他们像两个玩在一块的孩子，没有过去，也没有未来，所有的，只是"现在"，连那个"现在"，还都是吵吵闹闹的！

她坐在那儿，静静地坐在那儿，第一次冷静地思考她和致中的恋爱。恋爱，这算是恋爱吗？她思前想后，默默地衡量着她和致中之间的距离。"不能这样过下去。"她茫然地想，"不能这样过下去！"她心中在呐喊了，"不能这样过下去！"她用手托着下巴，呆望着墙上的一盏壁灯出神。这就是爱情吗？这就是爱情吗？她越来越恍惚了。而在这恍惚的情怀中，有份意识却越来越清晰：要找他说个清楚！要找他"谈"一次！要找他像"成人"般谈个明白！

她看看手表，已经晚上八点钟了，怎么？一晃眼就这么晚了？致中一定在家里后悔吧？他就是这样，得罪她的时候，他永远懵懵懂懂，事后，就又后悔了。她想着海边的那一天，想着他用手扳住她的肩头，无声地说"我改！"的那一刻，忽然觉得心中充满了酸楚的柔情；不行！她想，她不该不告而别，他会急坏了，他一定已经急疯了！不行，她要找到他！

站起身来，她走到柜台前面，毕竟按捺不住，她拨了梁家的电话。

接电话的是致秀，果然，她惊呼了起来：

"哎呀，初蕾，你跑到什么地方去了？二哥说你在马场离奇失踪，他说，你八成和那个骑马教练私奔了！喂，"致秀的语气是开玩笑的，是轻松的，"你真的和马场教练在一起啊？"

怎么？他还不知道自己在生气吗？怎么？他还以为她在作怪吗？怎么？他并不着急也不后悔吗？

"喂，"她终于吞吞吐吐地开了口，"你让致中来跟我说话。"

"致中？他不在家啊！"

糟糕！他一定大街小巷地在找她了，这个傻瓜，台北市如此大，他怎么找得着？

"致秀，"她焦灼地说，"他有没有说他去哪儿？"

“他吗？”致秀笑了起来，笑得好得意，“他陪赵震亚相亲去了！”

什么？她甩了甩头，以为自己没听清楚。

“他……他干什么去了？”

“陪赵震亚相亲啊！”致秀嘻嘻哈哈地笑着，“我告诉你，初蕾，我终于正式拒绝了赵震亚，把二哥气坏了，大骂我没眼光。今晚有人给赵震亚做媒，二哥跟在里面起哄，你知道他那个无事忙的个性！他比赵震亚还起劲，兴冲冲地跟他一块相亲去了！”

“哦！”她轻声地说，“兴冲冲地吗？”她咬咬嘴唇，心中掠过一阵尖锐的痛楚，“好，我没事了。”她想挂断电话。

“喂喂！”致秀急急地喊，“不忙！不忙！别挂断，有人要跟你说话！”

初蕾心中怦然一跳，见鬼！给这个鬼丫头捉弄了，原来致中在旁边呢！她握紧电话，心跳得自己都听见了。

“喂！”对方的声音传了过来，低沉地，亲切地，却完全不是致中的声音！“初蕾，你好吗？”

是致文！离开了三个月的致文！她经常想着念着的致文！初蕾不知道是喜是愁，是失望还是高兴，只觉得自己在瞬息之间，已历尽酸甜苦辣。而且，她像个溺海的人突然看到了陆地，像个迷途的人突然看到灯光，像个倦游的浪子突然看到亲人……她握着听筒，蓦然间哭了起来。

“喂？初蕾？”致文的声音变了，焦灼、担忧和惊惶都流露在语气之中，“你怎么了？喂喂，你在哭吗？喂！初蕾，你在什么地方？"

"我……我……"她抽噎着，用手遮住眼睛把身子藏在墙角，以免引起别人的注意，"我在一家咖啡馆，一家名叫雨果的咖啡馆。我……我……我不好，一点都不好……"她语不成声。

"你等在那儿，"致文很快地说，"我马上过来！"他挂断了电话。

几分钟以后，致文已经坐在初蕾的对面了。初蕾抬起那湿漉漉的眼珠，默默地看着他。他瘦了！这是第一个印象。他也憔悴了！这是第二个印象。他那深黝的眸子，比以前更深沉，更温柔，更充满撼动人心的力量了。这是第三个印象。她咬紧嘴唇，一时之间，只觉得有千言万语，不知从何说起的感觉。

他紧盯着她，逐渐地，他的眉头轻轻地蹙拢了。这还是几个月前那个欢乐的小女孩吗？这还是那个大谈杜老头李老头的小女孩吗？这还是那个不知人间忧愁的小女孩吗？这还是那个躺在沙滩上装疯卖傻的小女孩吗？她怎么看起来那样茫然无助，又那样楚楚可怜呵！致中那个浑小子，难道竟丝毫不懂得如何去照顾她吗？他望着面前那对含泪的眸子，觉得整个心脏都被怜惜之情绞痛了。

"初蕾，"他的喉咙沙哑，"到底发生了什么事情？"他柔声问，"是为了致中吗？"

她点点头。

"我吃晚饭的时候还看到致中。"他说，"他并没有说发生了什么事呀！"

她垂下眉毛，默然不语。

"初蕾，"他侧头想了想，理解地说，"我懂了。致中得罪了你，但是他自己并不知道。"

她很快地抬起睫毛，瞥了他一眼。

他从怀里掏出一盒香烟，取出一支，他伸手拿起桌上的火柴，燃着了烟。她再抬起睫毛，有些惊奇，有些意外，她说：

"你学会了抽烟！"

"哈，总算开口说话了！"他欣慰地说，望着她微笑，"在山上无聊，抽着玩，就抽上瘾了。"他从烟雾后面看她，他的眼神温存、沉挚而亲切，"不要伤心，初蕾，"他柔声说，"你要原谅致中，他从小就是个粗心大意的孩子，他决不会有意伤你的心，懂吗？"

她嘟了嘟嘴，被他那温柔的语气振作了。

"你是哥哥，你当然帮他说话！"她说。

"好吧！"他耐心地，好脾气地说，"告诉我，他怎么得罪了你？让我来评评理。"

她摇摇头。

"不想说了。"

"为什么？"

"说也没有用。"她伸手玩弄桌上的火柴盒，眼光迷迷蒙蒙地盯在火柴盒上，"我已经不怪他了。"她轻语。

"是吗？"他喷出一口浓浓的烟雾。

"是的。"她幽幽地说，"我想明白了，我怪他也没有用。他是那种人，他所有的感情，加起来只有几 CC，而我，我需要一个海洋。他把他的全部给我，我仍然会饥渴而死，我——"她深深地抽口气，"我完了！"

他紧盯着她。

"你需要一个海洋？"他问。

"是的，我是一条鲸鱼，一条很贪心的鲸鱼。要整个海洋来供我生存。致中……"她深深叹息，眼光更迷蒙了，"他却像个沙漠！"她忽然抬眼看他，眼里有成熟的忧郁，"你能想象一条鲸鱼在沙漠里游泳的情况吗？那就是我和致中的情形。"

他再喷出一口浓浓的烟雾，眼睛在烟雾的笼罩下，依然闪烁，依然清亮。

"不至于那么糟糕！"他说，"你一定要容忍他，爱情就需要容忍。致中或者缺乏温存与体贴，但是，他善良，他热心，他见义勇为……他还有许多优点，如果你能多去欣赏他的优点，你就会原谅他的缺点了。初蕾，"他诚恳地说，"世界上没有十全十美的人！"

"有。"她说。

"谁？"

"我爸爸。"

他笑了。

"有个好爸爸，不知道是你的幸运，还是不幸？"他说，"你不能要求世界上每个男人都像你爸爸，对不对？你爸爸是个成熟的男人，致中还年轻，年轻得像个孩子。等他到了你爸爸那样的年纪，他也会成熟了。"

"不会的。"她摇摇头。

"为什么不会？"

"有些人活一辈子都不会成熟。我在心理学上读到的。他就是那种男人！"

"怎能如此肯定？"

"看你就知道！你只比他大几岁，可是，你比他成熟。我打赌你在他那个年龄的时候，也比他成熟！"

他一震，有截烟灰落到衣襟上去了。

"可是……"他蓦然咽住了。

她惊觉地抬起头来。"可是什么？"她问。

他瞪着她。可是，你并没有选择成熟的男人呵！他想。这句话却怎么都不能说出口，他深吸了一口气，摇摇头。

"没有什么。"他低声说。

她注视着他，因为得到倾诉的机会，而觉得心里舒服多了。也因为心里一舒服，这才发现自己饥肠辘辘。她仔细一想，才恍悟自己从中午起就没有吃东西，怪不得浑身无力呢！她俯下头，对致文说：

"帮我一个忙，好吗？"

"什么？"

"给我叫一点吃的，我一天都没吃东西了！"

他大惊，而且心疼了。立即，他叫来侍者，给她叫了客咖喱鸡饭，又叫了客番茄浓汤，再叫了客冰激凌圣代。她饕餮地吃着，大口大口地咽着饭粒，她那么饿，以至于吃得差点噎着。他一瞬不瞬地看着她吃，越看越怜惜，越看越心疼，终于，他也俯下头来，低声说：

"答应我一件事，好吗？"

"什么？"她满口东西，含糊地问。

"以后不管怎么生气，决不可以虐待自己！"

她怔了怔，微笑了："我并不是虐待自己，我只是忘了吃！"

"那么，以后也不可以'忘'！"他说。

"唉！"她轻叹了一声，"忘了就忘了。人气糊涂的时候，会连自己姓什么都想不起来！"

他看了她好一会儿。

"放心！"他哑声说。

"放心什么？"她不解地。

"我——"他咬了咬牙，"我去帮你把沙漠变成海洋！"

第七章

电话铃又是黎明的时候响起来的。

初蕾听着那电话铃的声音，一响，二响，三响……她躺着不想动，不管是不是她的电话，她都觉得，没什么力量可以把她从床上拉到楼下去听电话。虽然，她早就醒了，或者，她根本没有沉睡过。

她听到父母的房门开了，听到父亲的脚步走下楼梯。那女佣阿芳，每次睡熟时连雷都打不醒，阿芳睡在楼下，却从不接听午夜或黎明时的电话。

她躺着，直到听见父亲的喊声：

"初蕾！你的电话！"

果然是她的！怎么会？致中从不在黎明时打电话！她披衣下床，慢腾腾地穿上拖鞋，打开房门，走下楼梯去。

夏寒山正拿着听筒等着，他脸上有种令人费解的、近乎懊恼的表情，他的眉峰微锁，眼神有些儿憔悴。怎么？父亲不满被电话所惊扰吗？不满这么早有人找她吗？还是不满自己不下楼接电话？她奔过去，踮起脚尖，讨好地在父亲眉心中吻了吻，很快地说：

"爸，别皱眉头。我也常常半夜或清早帮你接电话呀！你要怪，该怪妈妈，你去说服她，在卧室装分机好不好？免得我们父女两个跑上跑下！"

夏寒山惊觉地看着初蕾，像从一个梦中刚醒过来一样，他慌忙把听筒交给她，掩饰什么似的说：

"我并没有怪谁。接电话吧，是梁家那孩子！"

是致中？她有些惊奇，却并无喜悦之情，这么早打电话来，八成又要找她麻烦！她握起听筒的时候，心里几乎是担忧的。

"喂，致中？"她小心翼翼地问。

对方发出一声低低的叹息。

"对不起，不是致中。"

她的心莫名其妙地跳了跳，担忧立刻从视窗飞走了，她松弛下来。而且，欣喜的情绪，就缓慢地把她给包围住了。她靠进沙发里，松了口气。

"致文，"她说，"你起得好早！"

"不是起得早，是没有睡。"

"哦！"她轻应着，真巧，她也没睡，"为什么？"

"我连夜完成了一样东西。"

"完成了一样东西？你的论文？"

"不。论文在山上就写完了，不是论文。"他顿了顿，"你今天有空吗？我有件礼物送给你！"他的声音里带着鼓励、安慰与振奋的意味，"包管你看了，就会开心起来了。"

她笑了。

"你觉得我很不开心吗？"

"如果我连你的不开心都不知道，我就是白痴了！"他低叹地说，"什么时候可以出来？"

"随时都可以出来！"

"那么——"他迟疑了一下，"现在？"

现在？她吃了一惊，看看表，才六点十分，但是，管它呢？谁说六点十分就不能出去？她忽然感到浑身又充满了活力，忽然感到整个暑假压迫着自己的那种压力在消失，忽然感到有种难解的喜悦和兴奋正在血液中流窜……她很快地说：

"好，就是现在！我们在什么地方见面？"

"你等着，我来你家接你，见了面再研究去哪儿！"

"好，就这样！"挂断了电话，她抬起头来。一眼看到夏寒山正倚窗站着，他手中有一支烟，室内，那股轻烟在缓缓扩散。他一边吸着烟，一边静静地望着自己。

"哦，爸！"她有些心虚似的说，"你怎么还站在这儿，不上去再睡一下？"

夏寒山深深地凝视她，慈祥地说：

"过来！初蕾。"

她走到父亲身边，夏寒山用手扶住她的肩膀，仔细地看着她，温和地、慢慢地说：

"你不快乐吗？"

"哦，爸爸！"她低喊了一声，显然，刚刚她和致文的谈话，父亲已经听得清清楚楚，"我是有些烦恼，但是并不严重。"

"是吗？"夏寒山柔声问，用手托起初蕾的下巴，"我以为，你和梁家两兄弟间的关系，已经很明朗了。"

"是很明朗呀！"初蕾红着脸说。

"那么，你说说看，怎么个明朗法？"

初蕾怔了怔，她凝视着父亲，夏寒山那对亲切的眼睛带着多么深刻的、善解人意的智慧！

"致中是我的好朋友，"她轻哼着说，"致文是我的好哥哥。"

"朋友与哥哥的分别是什么？"夏寒山追问。

"朋友——"她拉长了声音，深思着，"朋友可以陪我疯，陪我玩，陪我笑闹。哥哥呢？哥哥可以听我说心事，和我聊天，安慰我。朋友，你要小心地去维持友谊，哥哥呢——"她停了停，"你就是和他发了脾气，他还是你的哥哥！"

夏寒山皱起了眉头。

"你不跟我分析还好，"他说，"你这样一分析，我是更糊涂了！初蕾，"他直视着她，坦率地问，"我们别兜圈子，你老实告诉我吧，他们两个之中，是谁在和你谈恋爱？这整个暑假，你似乎都和致中在一起？"

她点点头，轻颦着眉梢。

"那么，是致中了？"她再点点头，眉毛锁得更紧了。

他审视着她。"那么，为什么不快乐？"

“哦，爸爸呀！”她在他的追问下不安了，烦恼了，困惑了。她的声音里充满了无助与无奈，“你告诉我，恋爱是件快乐的事吗？是应该很快乐的吗？”

一句话把夏寒山给问住了。他侧头沉思，深吸了口烟，他沉吟地说：

“爱情里有苦有甜，有烦恼，也有狂欢……”

她的眉头一松，笑了。

“那么，我是很正常的了！”她收住了笑，想了想，不自禁地摇摇头，那股忧郁的神气就又飞上她的眉梢，她叹了口气，走过去坐在沙发里，用手捧住了头，“哦，我不正常，我完全不正常！”她呻吟着说，“我烦透了！烦透了！爸，你知道我的问题出在什么地方？我是一条鲸鱼！”

“你是什么？”夏寒山挑起了眉毛，“一条鲸鱼？”

“是呀！”初蕾一本正经地板着脸，苦恼地说，“一条好大好大的鲸鱼。”夏寒山抬头看她，她蜷在沙发中，穿了件红蓝相间的条纹睡袍，整个人缩在那儿，看起来又娇小，又玲珑。

“你怎么会是鲸鱼？”他失笑地说，“你看上去倒像条热带鱼！”

初蕾望着父亲，心想，父亲准不了解“鲸鱼”的比喻。她正想要解释，身边的电话铃又蓦地狂鸣，吓了她好大的一跳。寒山瞪着她，低低地说：

“接电话吧！大概是‘朋友’打来的了！”

她惊跳，脸色发白了。伸出手去，她很不情愿地拿起听筒，送到耳边去。

"喂，"她战战兢兢地说，"哪一位？"

"请问，夏寒山医生在家吗？"

是个女人！很熟悉的声调，软软柔柔的。初蕾心中一宽，立即把听筒举起来，对着寒山喊：

"爸，是你的电话！"她用手捂着听筒，淘气地伸伸舌头，"是个女人，声音好好听，爸，你在外面，没有藏着个'午妻'吧？"

这次，轮到夏寒山变色了。他走过去，接过听筒，对初蕾瞪了瞪眼睛：

"还不上楼去换衣服，你不是马上要出门吗？"

一句话提醒了初蕾，她转过身子，飞快地冲上楼去了。

寒山握着听筒，慕裳的声音立刻传了过来，带着浓重的、祈谅的意味，她急促地说：

"对不起，寒山。我迫不得已要打到你家里来，雨婷又发作了！"

"怎么发作了？"

"她又晕倒了，口吐白沫，样子可怕极了！"她带着哭音说，"请你赶快来，好不好？"

"有没有原因？"

她顿了顿。

"为了你！"她颤声说。

"为了我？"他惊跳。

"你快来吧，来了再谈，好吗？"

"我马上来！"

他挂断电话，回身往楼上走，这才看到，念苹不知何时已经起床了，不知何时已站在楼梯口上了。她斜倚着栏杆，居高临下地望着他，安安静静的，脸上毫无表情。他心虚地看她，不知道她听到了多少，体会了多少。可是，她那样镇定，那样沉着，他完全看不透她。

"有事要出去？"她问。声音很平和。

"是的，有个急诊。"

"我叫阿芳给你弄早餐！"

"不用了！"他仓促地说，"我不吃了！"

他冲进卧室，盥洗更衣。几分钟后，他已经驾着自己那辆道奇，往水源路的方向驶去。

杜慕裳的家是幢四楼公寓，她住在顶楼，房子在水源路上，傍着淡水河。夏寒山觉得这一区有些偏僻，但是，慕裳住惯了，她喜欢凭窗看淡水河的夜景，看中正桥上的灯光，看河面上反射的月色。许多个晚上，他也和她一起欣赏过那河边的夜，也曾和她漫步在那长堤上，吹过那河边的晚风。时间久了，他就能深深体会她为什么爱这条路了，在台北，你很难找到比这一区更具特色、更有情调的住宅区。

早晨的这一区还是很热闹，学生已经成群结队去上课，从中和乡到台北的车辆川流不息，他驶上水源路，可以看见中正桥上车子在大排长龙。他停在慕裳的公寓门口，下了车，他提着医药箱，直奔上四楼。

慕裳正开着门在等他。

他走进客厅，第一句话就问：

"醒过来没有？"

她摇头，眼里有泪痕。

他凝视她，皱起眉头。

"你又哭过了。"他说，语气里有微微的责备。

"对不起。"她说，把头转开。

"我们去看她吧！"

寒山和慕裳走进了雨婷的卧室，雨婷正仰躺在地毯上，显然她晕倒后，慕裳就没有移动过她。寒山走到她身边，俯身去查看她的呼吸，翻开她的眼皮，去看她的瞳仁。然后，他把她从地毯上抱起来，平放在床上。

"怎样？"慕裳担忧地问。

"她真的晕倒了，"寒山说，"你别慌，我给她打一针，她很快就会醒过来。拿条冷毛巾给我！"

慕裳把毛巾递给他，他用毛巾压在她额上，打开医药箱，他取出针药和针筒，给她注射。慕裳呆呆地站在一边，看他那熟练而稳定的动作，看他那镇静而从容的神情，她又体会到他带来的那种安定和力量。她静静地望着他，崇拜而依赖地望着他。一管针药还没注射完，雨婷已经清醒了过来。她在枕上转动着头，她的眼皮在眨动，然后，她的眼睛睁开了。她看到寒山，眉头倏然紧蹙，她抽动手臂，想挣脱他的注射，她哑声说：

"我不要你来救我！"

寒山心中有点明白，压住了她的胳膊，他强迫地把那管针药注射了进去，抽去针头，他用药棉在她手腕上揉着，一面镇静地问：

"说说看，你为什么反对我？"

"你是个伪君子！"她那缺乏血色的嘴唇颤抖着，她的声音虽然低弱，却相当清晰，"你利用给我看病的机会，来追求我的母亲！"

他紧盯着她。

"是的，"他说，语气稳定而低沉，"我在追求你的母亲，因为她是个非常可爱的女人。我必须谢谢你生病，给了我认识你母亲的机会！"

她立即把头转向床里面，闭上了眼睛。

"我不要跟你说话！"她低语，"我恨你！请你离开我的房间，我希望这辈子不要再见到你！"

他捉住她的下巴，把她的脸扶正，他的声音很温柔，很诚挚：

"为什么恨我？"他说，"因为我爱上了你的母亲？我欣赏你的母亲是错误吗？"

她的眼睛睁开了，里面漾着一层薄薄的水雾，那乌黑的眼珠浸在水中，像两颗发光的黑宝石。寒山注视着这对眼睛，他不能不在心中惊叹，生命多么奇妙，它能造出如此美丽的一对眼睛。

"你欣赏我的母亲不是错误。"她幽幽地说，胸部起伏着，呼吸急促而不均匀，她在努力控制她自己，"但是，你爱上我母亲，是不可原谅的错误！"

"你认为你母亲不该再爱吗？"他紧追着问，"你认为她就该这样永远埋葬她的感情？你不认为你这种观念很残忍……"

"我认为你很残忍！"她清脆地打断他。

"我很残忍？"他愕然地问。

"你难道不知道，你根本没有资格爱我母亲吗？"她的声音提高了，她的眼睛睁得又圆又大，呼吸沉重地鼓动着她的胸腔。她那含泪的眸子，像两把尖锐的利刃，对他直刺过来，"我从没有要求我母亲守寡，我从没有要求她过独身生活！她有资格爱，可是你没有！你难道不明白，你有太太有孩子，你根本没资格恋爱吗？你应该爱的，是你的太太！不是我的母亲！"

夏寒山像挨了重重一棍，他被击倒了！顿时，他就觉得背脊上冒起一阵凉意，而额上竟冷汗涔涔。他没料到，这病恹恹的孩子会说出如此冷酷的一番话，她像个用剑的老手，知道如何去刺中别人的要害！他瞪着她，被她堵得哑口无言。

"你知不知道一件事？"她继续说，高亢而激烈地说，"一个女儿的爱，不会伤害一个母亲。一个男人的爱，却很容易杀死一个女人！"

夏寒山跳了起来，踉跄着就冲出了那间卧房。同时，慕裳的脸色变得比纸还白，她扑向雨婷，用她那冰冷的手指，去试着堵住女儿的嘴唇。她这个举动惊醒了雨婷，她睁大眼睛，恐惧地望着母亲，然后，她坐起身子，她的胳膊环绕过来，用力地抱住了慕裳的脖子。她把她那又苍白又瘦小的面庞埋进慕裳的怀里。

“妈，我不是要伤害你！妈！原谅我！原谅我！原谅我！”
她一迭连声地说。

泪水滑下了慕裳的面颊。

“雨婷，”她呜咽地，悲切地，却坚决地说，“你可以骂我
不知羞耻，但是，千万不要去责备他！”

“妈妈呀！”她惊呼着。

“我知道他有太太，我知道他有孩子，我知道他不能给我
任何世俗所谓的保障。但是，雨婷，我什么都不顾，我什么
都不管。情妇也罢，姘妇也罢，不论别人把我当什么，我只
知道一件事，这么些年来，只有在他的身边，我才了解什么
叫幸福！”

“妈妈呀！”雨婷悲叹着，“难道我的存在从没有给过你
快乐？难道我对你的爱不能使你感到幸福？”

“那是不同的！”慕裳急促地说，“雨婷，你不懂，我无
法让你了解，你的存在，你的爱，使我自觉是个母亲。而他，
他使我体会到，我不只是个母亲，还是个女人！雨婷，”她深
切地凝视着女儿，“你也一样，有一天，你也会从沉睡中醒过
来，发现你不只是个女儿，也是个女人！”

雨婷睁大了眼睛，一瞬不瞬地盯着慕裳，她的眼珠微微
转动，眼光在母亲的面孔上逡巡。她似乎在“努力”去试图
了解慕裳。

“你的意思是——”她闷声说，“当女人比当母亲更重要？”

“不一定。”慕裳的声音沙哑，“许多女人，会因为自己是
母亲，而放弃了当‘女人’的另一些权利！”

"你呢，妈妈？"慕裳闭上了眼睛。

"如果你要我放弃，我会的。"

"但是，你会很痛苦？"她小心翼翼地问。

慕裳咬了咬牙。

"是的。"她坦率地说，喉咙中哽了一个好大的硬块，"会比你想象的更痛苦！"

"是吗！"她不信任地问，"他对你这么重要？"

"是的！"她肯定地说，皱拢了眉头，"不要让我选择，雨婷，不要逼我去选择！"

雨婷伸手握牢了母亲的手，她在惊痛中凝视着慕裳，在半成熟的情况中去体会慕裳那颗"女性"的心。终于，她有些明白了，有些领悟了，有些了解了……

"妈，我刚刚说错了，是不是？"她迟疑地问，"一个女儿的爱，也会伤害一个母亲？"她忽然坐起身来，把慕裳的手往外推，热烈地喊：

"你去追他去！留住他！别让他离开！去！快去！"

慕裳惊愕而疑惑地望着女儿，几乎不敢相信自己的耳朵。雨婷继续把她往外推。

"快去呀！妈！不要让我铸成大错，不要让我砍断了你的幸福！快去呀！妈！"

慕裳终于相信雨婷说的是真心话了，她满脸泪水，眼睛里却绽放着光华，不再说话，她转身就走出了雨婷的卧室。

在客厅里，夏寒山倚窗而立。他正呆望着河边的一个大挖石机出神。那机器从早到晚地操作，不断从河床中铲起一铲一铲的石子，每一下挖掘都强而有力。他觉得，那每一下挖掘，都像是挖进他的内心深处去。雨婷，那个又病又弱的孩子，却比这挖石机还尖利。她带来了最冷酷也最残忍的真实！他无法驳她，因为她说的全是真话！是的，他是个伪君子，他只想到自己的快乐，而忽略对别人的伤害！

慕裳走近了他。一语不发地，她用手臂环住了他的腰，把面颊依偎在他胸口，她的泪水浸湿了他的衬衫，烫伤了他。

他轻轻推开她，走向电话机。

"我要打个电话。"他说。

"打给谁？"

"小方。"

"小方是谁？"

"是我手下最能干的实习医生，我请他来代替我，以后，他是雨婷的主治医生。你放心，他比我更好！"

慕裳伸手一把压住了电话机，她脸上有股惨切的神情。

"你的意思是说，你以后不再来了？"她问。

他从电话机上，拿下了她的手，把那只手合在他的大手中。

"我必须冷静一下，我必须想想清楚，我必须计划一下你的未来……"

"我从没有向你要求过未来！"她急促地说，死盯着他，"你不欠我什么，一切都是我心甘情愿！"

他深深看着她，然后，他把她拉进了怀里。用一只手揽着她，他另一只手仍然拨了小方的电话。

"你还是要换医生？"她问。

"是的，我要为她找一个她能接受的医生！"

"她会接受你！"她悲呼着。

他把她的头压在自己的胸口，在她耳边说：

"嘘！别叫！我不会离开你，我想过，我已经无法离开你了。给雨婷找新医生，是因为——那小方，他不只是个好医生，还是个很可爱的年轻人。"

哦！她顿时明白了过来。紧靠着他，她听着他打电话的声音，听着他呼吸的声音，听着他心跳的声音……她闭上眼睛，贪婪地听着自己对自己说：这所有的声音混合起来，应该就是幸福的声音了。

第八章

初蕾和致文漫步在一个小树林里。

这小树林在初蕾家后面的山坡上，是由许多木麻黄和相思树组成的。在假日的时候，这儿也会有许多年轻人成群结队地来野餐。可是，在这种黎明时候，树林里却阒无人影。四周安静而清幽，只有风吹树梢的低吟，和鸟的啁啾，组合成一支柔美的音乐。初蕾坐在一块大石头上，她四面张望，晨间的树林，是雾蒙蒙的，是静悄悄的，那掠过树木，迎面而来的凉风里，夹带着青草和泥土的芳香。"你知不知道一支曲子，"初蕾忽然说，"名字叫《森林里的铁匠》？"致文点了点头。

"《森林里的铁匠》还不如《森林里的水车》。"他沉思地说，"打铁的声音太脆，但水车的声音却和原野的气息相呼应。你如果喜欢《森林里的铁匠》，你一定会喜欢《森林里的水车》。"

　　"你说对了！"她扬起眉毛，眼神奕奕，"致中说我不懂音乐，他要我听吉斯，听四兄弟，听卡彭特。可是，我喜欢赛门与葛芬柯，喜欢雷·康尼夫，喜欢奥莉维亚·纽顿－约翰，喜欢简·柏金……他说我是个没原则的听众，纯女性的、直觉的、笨蛋的欣赏家！呵！"她笑了，仰靠在一株小松树上，抬头望着天空。有朵白云在遥远的天际飘动，阳光正悄悄上升，透过树隙，射成了几道金线。"你没听到他怎么样贬我，把我说得像个大笨牛。"他悄眼看她，心里在低低叹息。唉！她心里仍然只有致中呵！即使致中贬她，致中糗她，致中不在乎她，致中惹她生气……她心里仍然想着念着牵挂着的，都是致中啊！他斜倚在她对面的树上，心里浮起了一阵迷惘的苦涩。半晌，他才咽了一口口水，费力地说：

　　"初蕾，我和致中彻底地谈过了。"

　　"哦?"她看着他，眼神是关怀而专注的。

　　"他说他不觉得自己有什么错，他说……"

　　"我知道了！"她很快地说，"他一定说我心胸狭窄，爱耍个性，脾气暴躁，爱慕虚荣，而且，又任性又蛮不讲理！"

　　他愕然，瞪视着她，一时竟不知说什么好。她眉梢微蹙，眼波微敛，嘴唇微翘……那样子，真使他心中激荡极了。假若他是致中，他决不忍心让她受一丁丁、一点点、一丝丝的委屈！他想着，忍不住就叹了口气。

　　她惊觉地看他，振作了一下自己，忽然笑了起来。

　　"我们能不能不谈致中?"她问。

　　嗨，这正是他想说的呢！他无言地微笑了。

她伸头看看他的脚边，那儿，有个包装得极为华丽的、正方形的纸盒，上面绑着缎带。她说：

"这就是你要给我的礼物吗？"

"是的。"

"是吃的，还是玩的？"她问，好奇地打量那纸盒。

"你绝对猜不到！"致文把盒子递给她，"你打开看吧！"

初蕾没有立即打开，她提了提盒子，不算很重，摇了摇，里面有个东西碰着纸盒响。她的好奇心被引了起来：

"我猜猜看：是个花瓶！"

他摇头。

"是个玩具！"

他又摇头。

"是个装饰品！"

他再摇头。"是件艺术品！"

他想了想，脸忽然红了。他还是摇头：

"也不能算，你别猜了，打开看吧！"

她没有耐心再猜了，低下头，她不想破坏那缎带花，她细心地把缎带解开，打开了盒子，她发现里面还套着另一个盒子，而在这另一个盒子上面，放着一张卡片，她拿起卡片，卡片上画着朵娇艳欲滴的，含苞待放的石榴花。她的心脏怦然一跳，石榴花，石榴花？石榴花！在遥远的记忆里有朵石榴花，致秀说过：

"这像你的名字，是夏天的第一朵蓓蕾！"

难道他知道这典故，还只是碰巧？她轻轻地抬起睫毛，悄眼看他。正好，他也在凝视着她，专注而又关心地凝视着她。于是，他们的眼光碰了个正着。倏然间，他的眼底闪过一丝狼狈的热情，他的头就垂下去了。于是，她明白了，他知道那典故！她慢慢地把卡片打开，发现那卡片内页的空白处，写着几行字：

　　　　昨夜榴花初着雨，一朵轻盈娇欲语。
　　　　但愿天涯解花人，莫负柔情千万缕！

　　她念着，一时间，不大能了解它的意思。然后，她的脸就滚烫了起来。天啊！这家伙已经看透了她，看到内心深处去了！他知道她的寂寞，她的委屈，她的烦恼，她的伤心！他知道她——那贪心的鲸鱼需要海洋，那空虚的心灵需要安慰。"但愿天涯解花人，莫负柔情千万缕！"他也知道，他那鲁莽的弟弟，并不是一个解花惜花之人啊！

　　她双颊绯红，心情激荡，不敢抬眼看他，她很快地打开第二个纸盒，然后，她就整个人都呆住了。

　　那是一件艺术品！一个用木头雕刻的少女胸像。那少女有一头蓬松飞舞的头发，一对栩栩如生的眼睛，一个挺秀的鼻子，和微向上翘的嘴唇。她双眼向上，似乎在看着天空，眉毛轻扬，嘴边含着盈盈浅笑。一副又淘气、又骄傲、又快活、又挑逗、又充满自信的样子。它那样传神，那样细致，那样真实……使初蕾越看越迷糊，越看越心动，越看越神往……这就是往日的那个"她"啊！那个不知人间忧愁的

"她"啊！那个充满快乐和自傲的"她"啊！曾几何时，这个"她"已悄然消失，而致文却把"她"找回来了！找回来放在她手里了。她不信任地抚摸着这少女胸像，头垂得好低好低。她简直不敢抬起头来，不敢和他的眼光接触，也不敢开口说话。

"始终记得你那天在海边谈李白的样子。"他说，声音安静、沉挚而低柔，"始终记得你飞奔在碎浪里的样子。那天，这树根把你绊倒了，我发现它很像你，于是，我把树根带回了家里。我想，你从不知道我会雕刻，我从初中起就爱雕刻，我学过刻图章，也学过雕像。读大学的时候，我还去艺术系旁听过。我把树根带回家，刻了很久，都不成功。后来，我去了山上，这树根也跟着我去了山上。很多个深夜，我写论文写累了，就把时间消磨在这个雕像上面。昨天，我看到你流泪的样子，你把我吓坏了，认识你这么久，我从没看你哭过！回了家，我连夜雕好了这个雕像……"他的声音低沉了下去，像穿过林间的微风，和煦而轻柔，"我把那个失去的你找回来！我要你知道，那欢笑狂放的你，是多么迷人，多么可爱。"

他的声音停住了。

她的头垂得更低了，低得头发都从前额垂了下来。她紧抱着那胸像，好像抱着一个宝藏。然后，有一滴水珠落在那雕像上，接着，第二滴，第三滴……无数滴的水珠都落在那雕像上了。

"初蕾！"他惊呼，"怎么了？"

她吸着鼻子，不想说话，眼泪却更多了。

他走过来，蹲踞在她的面前，用手去托她的下巴。她把头扭开，不愿让他看到她那泪痕狼藉的脸。

"初蕾！"他焦灼地喊，"我说错了什么吗？"

她拼命摇头。他把手盖在她的手上。

"我冒犯了你？"他颤声问。

她再摇头。

"那么，你为什么哭？"他急切地说，"我一心想治好你的眼泪，怎么越治越多了？"她终于抬起头来，用手背去擦眼睛。她从来不带手帕，那手背只是把眼泪更胡噜得满脸都是。他从口袋里掏出了手帕，递给她，她立即把整块手帕打开，遮在脸上。

"你在干什么？"他不解地问。

"你回过头去！"她口齿不清地说。

"干吗要回过头去？"

"我不要你看到我这副丑样子，"她哼哼着，"你回过头去，让我弄干净，你再回头。"

"好。"他遵命地，从她面前站起身来，他转过身子，干脆走到好几棵树以外，靠在那儿。看山下的台北市，看太阳冉冉地上升，看炊烟从那千家万户的窗口升起来。他的头倚在树干上，侧耳倾听。他可以听到她那窸窸窣窣的整理声，振衣声，擤鼻子声……然后，是一大段时间的静寂，什么声音都没有了。她走了！他想，她悄悄地走了！他一定说错了话，他一定表达了一些不该表达的东西，他一定泄露了内心底层的某种秘密……他该死！他混蛋！他逼走了她，吓走了她！他顿时回过头来。立即，他吓了好大一跳。因为，她的脸就在他面前，不知何时，她就站在他身后了。她并没有走掉，她只是悄悄地站在那儿，眼泪已经干了，头发也整齐地掠在脑后。她把那胸像收回了盒子里，仍然用缎带绑着。她就拎着那盒子站在那儿，眼珠亮晶晶的，唇边带着个好可爱、好温柔、好腼腆的微笑。

"哦，"他说，"你吓了我一跳。"

"为什么？"她问。

"我以为……以为你走了。"他坦白地说，不知怎的，似乎被她唇边那腼腆的表情所影响，他也觉得有些局促，有些瑟缩起来。

"我为什么要走？"她微挑着眉毛，瞪着他，接着，她就嫣然而笑了。这笑容似乎很难得，很珍贵，他竟看得出神。"致文，"她柔声叫，"你实在是个好——好哥哥。"她把手插进他的臂弯中，"今天早上，我还和爸爸谈起你。"

他愣了愣。好"哥哥"，这意味着什么？

"谈我什么？"

"我告诉爸爸，你像我的哥哥。爸爸问我，哥哥的意思是什么？"

问得好！他盯着她，急于想知道答案。

"我说，哥哥会照顾我，体贴我，了解我，宠我……而男朋友呢？男朋友的地位跟你是平等的，有时，甚至要你去迁就他……"她深思地咬住了嘴唇，眼光又黯淡了下去，"致文，”她叹息地说，“你知不知道，我很迁就致中，甚至于，我觉得我有点怕他！”

哦！他心里一阵紧缩。原来，“哥哥”的意思是摈于“男朋友”的界线以外。很明显，他是“哥哥”，致中是“男朋友”！本来嘛，他上山前就已经知道这个事实，为什么现在仍然会感到失意和心痛？难道自己在潜意识里，依旧想和致中一争长短吗？

“喂，致文，”她摇撼着他的手臂，“你在发什么呆？你听到我说的话了吗？”

“是的，听到了。”他回过神来，凝视着她，闷闷地回答。

“致中的脾气很坏，”她继续说了下去，“他任性，他霸道，他固执，而且，有时候他很不讲道理。但是，他的可爱也在这些地方，他有个性，他骄傲自负，他很有男儿气概……”她忽然住了口，因为，她发现他那紧盯着她的眼光里，有两簇特殊的光芒在闪烁，他的眼睛深邃如梦，使她的心脏一下子就跳到了喉咙口。这眼光，这令她迷惑的眼光，像黑夜的潮水，正对她淹过来，淹过来，淹过来……她不只是停住了说话，也停住了走路，她不知不觉地站在一棵桉树前面。

他也站住了。

“初蕾！”他忽然喊，喉咙沙哑而低沉。

“嗯？”她迷惘地应着。

“我有个问题必须要问你。”

她点点头。

“你——”他费力地，挣扎地，一个字一个字地说，“你有没有可能弄错？”

“弄错什么？”她不解地扬着睫毛。

“你对‘哥哥’和‘男朋友’所下的定义！”他终于冲口而出，屏住了呼吸。

她愕然地睁大了眼睛，一时间，完全弄不清楚他的意思。她那对黑白分明的眸子，带着抹茫然的困惑，愣愣地看着他。这目光把他给击倒了，那么坦坦然、那么荡荡然的目光，那么纯洁的、无私的目光，他在做什么？他在诱惑他弟弟的女朋友吗？他的背脊上冒出了凉意：你卑鄙！你下流！你可恶透顶！但是，他每根神经，都紧绷着在期待那答案。

“你说清楚一点，”她终于开了口，迷惘而深思地，“我弄错了定义？你的意思是说——我可以不迁就男朋友，还是说……”

“哦！”他透出一口气来，心脏沉进了一个冰冷的深井中，他嗒然若丧而心灰意冷，他的眼光硬生生地从她脸上移开了，“别理我了，我问了一个很无聊的问题！”他说，咬紧了牙关。

她斜睨着他，脑子里还在萦绕着他的问题。她觉得头昏昏的，像个钻进死巷里的人，怎么绕都绕不出来。她甩甩头又摇摇头，想把他的问题想清楚。

“我弄错了定义？”她喃喃自语，“那就是说，男朋友也可能宠我，了解我……也就是说，致中应该宠我，了解我……”

"我说别管它了！"他大声说，打断了她，"喂！"他很快地抓了个话题，"致秀和赵震亚是怎么回事？"

初蕾的思想被拉了回来。

"他们吗？吹了。"

"怎么吹的？"

"因为小方医生出现了。"

"小方医生是什么人？"他在一块石头上坐下来。

"小方医生吗？"她停在他面前，侧头看他，"噢！说来话长！"她忽然扑伏在他膝前，半跪在草地上，热烈地望着他，"你很坏！"她急促地说，"你抛弃了我们三个月！而这三个月之间，发生了好多好多事情，说都说不完。我和致中、致秀和小方医生！哦，太多事了！你很坏，你不是个好哥哥，你以后再也不可以了，再也不可以离开我们！因为——我很想念你！"

他瞪着她，刚刚平稳下来的思潮，又一下子就被扰乱了，扰乱得一塌糊涂，简直整理不起来了。他用舌尖润着嘴唇，费力地说：

"你很——想念我，真的？"

"当然真的！"她心无城府地，坦率地说，"我每天都问你妈，你什么时候才会回来，问得致中都冒火了。"

"致中为什么冒火？"他愣愣地问。

"他以为我爱上你了哦！"她笑着说。

他猛力地一甩头，完全忘了身后是棵大树，脑袋就在树干上撞了一下。初蕾惊呼：

"你怎么了？"

"没什么。"他敲敲脑袋，"我今天有点昏头昏脑。你别理我吧！"她站起身来，看看他，又看看手表，忽然惊跳。

"糟糕！"她说，"我这个糊涂虫！"

"什么事？"

"我今天要去学校注册呢！"她喊着，"我居然忘了个干干净净！"她从地上抱起了那个纸盒，匆匆地说，"我要走了，不能跟你聊了！改天，我再告诉你小方医生的故事，还有其他很多很多的事……"

"好，"他点点头，"你去吧，我还想在这儿坐一会儿！"

她转身欲去，忽然又停住了，俯下头来，她飞快地在他额上印下一吻，就像她常对夏寒山所做的动作一样。然后，她在他耳边低低地，充满了感情地说：

"谢谢你给我的礼物！你不知道我有多喜欢，喜欢得快发疯了，喜欢得都哭了！"

他说不出话来，脑子里又开始混乱，混乱得一塌糊涂！混乱得毫无头绪。

她抱着纸盒走了。心里的郁闷已一扫而空，她觉得欢乐，觉得充实，觉得满足……为什么有这种情绪，她却没有去分析，也没有去思考。她几乎是连蹦带跳地走出了那树林，嘴里还不自禁地哼着歌。刚走出树林，她就听到一声深幽的叹息。这叹息声使她心中莫名其妙地一震，就本能地回过头去。致文正靠在一棵松树上，从口袋里不知掏出了一件什么东西，在那儿很稀奇地审视着。他那古怪的表情把她的好奇心全勾了起来，他在研究什么？她蓦然拔起脚来，飞奔回致文身边。

"你在看什么东西？"

致文吃了一惊，很快地把那样东西握在掌心中，掩饰地摇摇头，口齿不清地说：

"没什么。"

"给我看！"她叫着，好奇地去抓他的手，"给我看！什么宝贝，你要藏起来？"

他瞪着她。

"没什么，"他模糊地说，"我不知道它还在，我以为早就丢掉了。"他摊开了手掌，在他那大大的掌心中，躺着一颗鲜艳欲滴的、滴溜圆的红豆。

"一颗红豆！"她惊奇地喊，审视着他，他那古怪的眼神，和他那若有所思的面容，以及红豆本身所具有的罗曼蒂克的气氛，把她引入了一个假想中。"我知道了。"她自作聪明地说，"是不是那个为你当修女的女孩子送你的？"

"为我当修女？谁？"他愕然地问。

"致秀说，你念大学时，有个女同学为你当了修女！为什么？你能说给我听吗？"

"从没有这种事！"他坦然地叫，"那女同学是个宗教狂，自己要当修女，与我毫无关系，你别听致秀胡说八道！她专门会夸张事实！"

"那么，"她盯着他，"谁送你的红豆？"

"没有人。"他沉声说，"我捡到的。"

"你捡到的？你捡一颗红豆当宝贝？我告诉你，我们学校就有棵红豆树，红豆在台湾根本不稀奇……"

"是不稀奇，"他闷闷地说，眼光望向遥远的天边，"有时候，你随意捡起一样东西，说不定就永远摆脱不掉了。"

"你在说什么？我不懂。"

"我没有要你懂。"

她仔细地审视他，点点头。

"我非走不可了，"她转过身子，"改天，你再告诉我这个故事。"

"什么故事？"

"一颗红豆。"她说，凝视他，"这一定有个故事的，你骗不了我，改天你要告诉我！"

她走了。

他愣住了。呆站在那儿，他好一会儿都没有意识，只是下意识地把手握紧，红豆紧贴在他手心中，像一把烧红了的烙铁，给他的感觉是滚烫、火热和炙痛。

第九章

秋天来了。

晚上，梁家沐浴在一片和谐里。

梁太太是北方人，最是擅长于做面食，举凡饺子、馒头、馅饼、锅贴……她无一不会。她是个标准的家庭主妇，也是个标准的贤妻良母，在她这一生，最快乐的事也莫过于做一桌子吃的，然后看着丈夫儿女围桌大嚼。因为这种快乐她几乎天天可以享受到，她就满足极了，终日笑口常开。梁老先生常说，"家有贤妻"是整个家庭的幸福。他和他的妻子是配对了，两人都是豁达的天性，两人都是纯中国式的人，具有中国人传统的美德。这美德以现代人的观点来看可能是落伍，对梁氏夫妇而言，却维持了他们大半生平安而和谐的岁月。这传统美德总共起来只有八个字：与世无争，知足常乐。

这天晚上，梁太太又做了一桌子吃的，她烙了葱油饼，又做了芝麻酱饼。蒸了蒸饺，又下了水饺。煮了汤面，又炒了炒面。另外，还有满桌子的菜，酱肘子、红烧肉、炒鸡丁、煨茄子……把整个餐桌都放满了。梁先生看得直发愣，对太太笑呵呵地说：

"你有没有老糊涂啊？甜的，咸的，汤的，水的，南方的，北方的……你弄了一桌子大杂烩呀！"

"你不懂！"梁太太笑着说，"咱们家的孩子爱吃北方东西，可是，人家初蕾是南方人，就算初蕾吃惯了咱们家的口味吧，那个小方医生，还是第一次来我们家吃饭呀！"

"第一次来我们家，你就弄了个不伦不类。"

"不伦不类吗？"梁太太看着桌子，自己也好笑了起来，"怕他不吃这个，又怕他不吃那个，我是想得太周到点儿，反而弄得乱七八糟……不过，"梁太太颇会自我解嘲，"每样东西都蛮好吃的，不信你试试？"

梁先生早就有意试试，一听之下，立即吃了个蒸的，又吃了个煮的，吃了甜的，又吃了块咸的，吃了汤的，又去喝水的……直到梁太太直着脖子喊：

"你要干吗？把满桌子的东西都吃光吗？咱们不待客了呀？"

"你不要把他们当客，"梁先生含着满口食物，口齿不清地说，"他们将来都是一家人，应该他们伺候你，可不是你伺候他们！"

"嘘，快别说，当心他们听见！"梁太太慌忙阻止丈夫，"我宁愿伺候他们，只要他们都快快乐乐的。何况，你不要我伺候他们，我还不知道自己能做什么！"

"我看呀，你是个劳碌命，有儿有女，你就不会享享福……"

梁先生的"议论"还没发完，致秀从客厅跑进了餐厅，对母亲急急地说：

"妈，要不要我帮你的忙？"

"哟，什么时候变得这么勤快？"梁先生打趣地问，"想表现给人家看吗？"

"哎呀，不是。"致秀扭了扭身子，"妈一个人忙，咱们大家等着吃，不好意思。"

"是不是都饿了？"梁太太善解人意地问。

"倒不是饿，"致秀脸红了，悄声说，"我们早点开饭吧，小方晚上八点钟，还要赶到水源路去给一个病人出诊，现在已经七点多了。"

"噢，七点多了吗？"梁太太惊呼，"可是，致中和初蕾回来了没有？"

"他们去看四点多钟的电影，应该马上就到家了。"

"好，我马上开饭，致中一回来就吃！"梁太太利落地说，立即手脚麻利地忙碌了起来。

"我来帮你！"致秀说。

"别别别！"梁太太慌忙把致秀往外面推，"你还是回到客厅里去陪方昊吧，你在这儿，反而弄得我碍手碍脚！去去去！"

致秀笑着退回客厅。小方正和致文谈得投机。她走过去，给致文和小方的茶杯都兑满了热开水，致文微笑地看致秀，点点头说：

"难得殷勤！我沾了小方的光。"

"大哥！"致秀笑着对他瞪眼睛，"你别没良心了！说说看，一向谁最偏你？你每次开夜车，谁给你送宵夜？你问问小方，我昨天对他说什么来着？"

致文看向小方。

"她夸我了，"他问，"还是骂我了？"

"没夸你，也没骂你，"小方笑吟吟地，"只是命令我去为你办一件事！"

"喂，"致秀嚷，"谁'命令'你了？我是'拜托'你！"

"是拜托吗？"小方挑着眉毛，哼哼着，"皇帝'拜托'臣子去做事的意思是什么？她拜托我，就是这种拜托法。我不能对她说'不'字的。"致秀笑了，一边笑，一边推了小方一把，眼睛斜睨着他，里面却盛满了温情，"好像你从没有对我说过'不'字似的！"她叽咕着。

"我说过吗？"小方反问，"你举举例看！"

致秀的眼珠转了转，笑笑走开了。站在窗子前面，她对窗外张望着，显然有些着急，她嘴里在自言自语：

"这个二哥，四点钟的电影怎么看到现在？八成和初蕾跑到别的地方去玩了，如果不回家吃饭，也该打个电话回来呀！"

致文微怔了一下，情绪忽然就低落了下去。他望着小方，正想问他，到底致秀"命令"他做了件什么事。致秀却忽然打窗前回过身子来，对小方没头没脑地说：

"喂，小方，吃完饭你别去水源路了，咱们到夜总会跳舞去，好不好？"

"不行！"小方不假思索地说，"看病的事不能开玩笑，那个病人又是天下最麻烦的！"

小方啊，你中计了！致文想，忍不住就微笑了起来。果然，致秀一下子就跳到小方身边，拊掌大乐：

"你看你看！还说从没有对我说'不'字呢！大哥，你做证，以后他再犟嘴，你帮我证明。"

"哎呀！"小方会过意来，就也笑了，转向致文说，"你这个妹妹怎么这样调皮？"

"她本来是挺乖的，"致文说，"都是跟初蕾学坏了！"

"好啊，"致秀看着致文，"你说初蕾坏，当心我待会儿告诉初蕾去！人家可把你当亲哥哥一样崇拜着！"

致文呆了呆，脸上不自禁地就有些变了颜色，致秀心中一动，立即后悔了。可是，说出口的话又无法收回，她仓促地转向小方，很快地转换话题：

"小方，你告诉大哥啊，告诉他我拜托你做什么来着？让他知道，他这个'坏'妹妹，对他有多'好'！"

致文回过神来，勉强振作了一下自己，他用询问的眼光望着小方，唇边带着个浅浅的微笑。

"她命令我给你做媒呢！"小方笑得爽朗而开心，"她要我在医院的护士中，帮你选一个物件。还开了一张单子给我，我还没看过呢，正好看看写些什么。"小方在口袋中搜寻了半天，找出一张单子来，他打开纸条，逐条地念，"第一，年龄是十八岁至二十四岁；第二，身高要一百六十厘米以上；第三，体重要在五十二公斤以下；第四，相貌必须出众；第五，幽默风趣，能言善道，对中国文学有研究的；第六，本性善良，活泼大方，不拘小节而又温柔可爱的；第七……喂喂，"小方停止了念条子，瞪着致秀说，"这个女孩子不用去找了，有现成的！要找，你打着灯笼也找不到！"

"哪儿有现成的？"致秀问。

"你啊！"小方说，"如果我身边那些护士里面，有这种条件的，我还会来追你吗？"

"贫嘴！"致秀笑着骂，眼睛里却流泻着得意和满足，"下面呢？你再念呀！"

"不用念了。"致文说，深深地看了致秀一眼，"致秀，"他沉声说，"好意心领！请不要再为我操心！"

"怎么能不为你操心？"致秀冲口而出，"看你！又不吃又不睡，越来越瘦……"

"致秀！"致文喊。

致秀蓦然停住了嘴，正好，梁太太围着围裙，笑嘻嘻地推门而入。

"怎么样？"梁太太说，"要不要吃饭了？"

"致中还没回来呢！"致文说。

"我看，别等他们了！"梁太太看看手表，"都快八点了，小方还有事呢！他们呀，准是临时又想起什么好玩的事情来，不回家吃饭了！来吧，咱们先吃吧！"

大家走进了餐厅，梁太太不好意思地看看小方，说：

"小方，不知道你的口味，只好随便乱做，你要是有不爱吃的东西就别吃，用不着跟我客气！"

"我这个人呀，"小方举着筷子，满脸的笑，"天上飞的东西里我不吃飞机，地上跑的东西里我不吃汽车，水里游的东西里我不吃轮船，其他的都吃！"

桌子上的人全笑了。致秀又瞪他：

"这个人已经不可救药了！"她说，转向父亲，"爸，你原谅他一点，他贫嘴成习惯了！"

"放心，"梁先生望着他的女儿，"他不贫嘴，也骗不到我的女儿了！"他坦率地又加了一句，"有个贫嘴女婿还是比有个木头女婿好些！"

"爸呀！"致秀红着脸叫，埋怨地低声叽咕，"说些什么嘛？"

小方这下可乐了，无形中，自己的身份似乎大局已定，他就冲着致秀直笑，他越笑，致秀的脸越红。致秀的脸越红，他就越笑。梁氏夫妇看在眼里，也忍不住彼此交换眼光，笑得合不拢嘴。

一餐饭就在这种欢笑的、融洽的气氛下进行。到了酒足饭饱，差不多已杯盘狼藉的时候，门铃突然急促地响了。致文跳起来说：

"糟糕，致中和初蕾没东西吃了！"

"不要紧，不要紧，"梁太太说，"我早就留下他们的份儿了。有包好的饺子，只要烧了水下锅就行了。"

致文冲到门边开了门，立即，门外就传来致中那暴躁的低吼声：

"你给我进来！"

"我不要，我要回家！"初蕾的声音里带着哽塞。

致文愣在门口，还没弄清楚是怎么回事以前，致中已经怒气冲冲地拉着初蕾的手腕，把她给硬拖进了房门。初蕾身不由己地被扯进客厅，她的脸涨得通红，眼眶也是红红的，她被抛进了沙发，靠在那儿，她用手揉着手腕，整个手腕上都是致中的指痕，她咬住嘴唇，面对着一屋子的人，她似乎有满腹委屈，却无从说起的样子。她那对水汪汪的眼睛眨呀眨的，泪珠只是在眼眶里打转。

"致中，你疯了？"梁太太惊呼着，"你在干什么？欺侮初蕾吗？"

"二哥！"致秀也叫，跑过去揽住初蕾，"你怎么永远像个凶神恶煞似的？你干吗拉她扯她？你瞧你瞧，把人家的手臂都弄肿了！"

"好呀！"致中在房间中央一站，昂着头说，"你们都骂我，都怪我吧！你们怎么不问问事情的经过？我告诉你们，我伺候这位大小姐已经伺候得不耐烦了……"

"二哥！"致秀警告地喊。

"你别对我凶！"致中对致秀喊了回去，横眉竖目的，"我们去看电影，今天周末，全台北市的人大概都在看电影，大小姐要看什么《往日情怀》，我排了半天队买不着票，我说，去看《少林寺》，她说她不看武侠片，我说去看《月夜群魔》，她说她不看恐怖片！我在街上吼了她一句，她就眼泪汪汪，像被我虐待了似的。好不容易，买到《月夜群魔》的票，她在电影院里就跟我拧上了，整场电影她都用说明书盖在脸上，拒看！她拒看她的，我可要看我的！但是，那特殊音响效果一响，她就在椅子上直蹦直跳。看了一半，她小姐说要走了，我说，如果她敢走，咱们两个就算吹了。哗，不得了，这一说完，她在电影院里就稀里哗啦地哭上了，弄得左右前后的人都对我们开汽水，你们想想我这个电影还怎么看？好吧，我的火也上来了，今天非看完这场电影不可！看完了，她居然跳上计程车，要回家去了。我把她从车上拉下来，问她还记不记得答应了我妈，要回家吃晚饭？你猜她怎么说，她站在马路当中，对着我叫：不记得了！不记得了！不记得了！……连叫了一百八十句不记得了！你不记得也要记得，我拖着她上摩托车，她就跟我表演跳车……呵，简直跟我来武的嘛，那么我们就斗斗看，看是她强还是我强！怎么样，"他重重地一甩头，"还不是给我拖回家来了！"

他这一大番话连吼带叫地说完，初蕾的脸色一阵红一阵白变了好几次，等他说到最后一句，她就像弹簧一般从沙发上直跳起来，闪电似的冲向大门口。致秀慌忙扑过去，把她拦腰抱住，赔笑地说：

"初蕾，你别走，你千万不能走！看在我妈面上，看在我面上，你都不能走！我妈还给你留了饺子呢！我二哥是疯子，你别理他，待会儿我要他给你赔罪……"

"我给她赔罪？"致中怪叫，"哈，我给她赔罪，休想！

我还要她给我赔罪呢……”

“致中！”致文忍无可忍，低吼了起来，“你怎么这样不讲理，简直莫名其妙！”

“我莫名其妙？”致中直问到致文脸上去，“我怎么不讲理？我怎么莫名其妙？她耍小姐脾气，我就该打躬作揖在旁边赔小心吗？我可不是那种男人！她如果需要一条哈巴狗当男朋友，她就该到什么爱犬之家去选……”

“不像话！”梁先生跌脚说，“这个浑球，越说越不像话！”

小方过去拉住了致中的衣袖，用手护着自己的下巴，劝解地说：

“你就少说一句吧！致中，不是我说你，对女孩子，你就该让着点儿……”

“让！”致中又吼，“我为什么该让？再让下去，我还有男人气吗？你们听过经过情形，你们评评理，是她错还是我错……”

“当然是你错！”致文冲口而出。

“我怎么错？”致中又问到致文脸上来。

“她不要看恐怖电影，你为什么要勉强她？”致文怒声问，“你喜欢看是你的事，她凭什么该迁就你？如果她害怕看，她不敢看，她也有义务陪着你在那儿受罪吗？只因为你是男子汉大丈夫，她就得跟在你身边当小奴隶？我看，你才需要去爱犬之家选一个呢……”

哇的一声，一直咬紧牙关不开腔的初蕾，听到致文这几句话，突然放声大哭了起来，泪珠像泉水般涌出来，奔流在脸上，她扑伏在致秀的肩上，哭得个气塞喉堵。致中又火了，他跳着脚说：

"哭哭哭！就会哭！我他妈的真倒霉！认识她的时候，看她嘻嘻哈哈的很上路，谁知道原来是个泪罐子，要是我早晓得她这么爱哭……"

"二哥！"致秀跺着脚喊，"你说不完了是不是？"

致文向前跨了一步，憋着气说：

"致中，你反省一下吧！你怎么会把人家弄成这样子？你也太跋扈了，太自私，太冷酷……"

"好，好，好，"致中怒吼，"都说我不对，都派我的不是，她还没姓我家姓，已经骑到我头上来了！"

初蕾推开致秀，满面泪痕，她抽抽噎噎地说：

"你放心，我再没出息，也不会要姓你家姓！"

"你说的？"致中的脸涨红了，"你的意思是什么？你说说清楚，如果要分手……"

"分手就分手！"初蕾忍无可忍，大叫了出来，"我再也不要理你，我再也不要见你！"

致中直跳起来，正要说什么，小方用力把致中一拉，直拉向门外去，嘴里飞快地说：

"走走走！你陪我出去一趟！我要去看个很无聊的病，你正好陪我去……"他忽然看着致秀，深思地说，"致秀，你愿不愿意也陪我去一趟？"

"我？"致秀有点愕然，"你去看病，拉扯上我们干什么？"

"因为……"小方有点碍口，"因为有个原因，那病人很特别，我……需要你的说明。"

"是吗？"致秀好奇地问，"我帮得上忙吗？"

"是的。是个特殊的病例，我在路上讲给你听！"

致秀把初蕾推到沙发上，按进沙发中，笑着对她说：

"你可不许走，坐在这儿等我。"她抬眼看着母亲，"妈，人家初蕾还没吃晚饭呢！"

"哎哟，我都忘了！"梁太太慌忙往厨房走，"我下饺子去！"

初蕾用手背抹抹眼泪，低声说：

"不用了，我要回家了。"

致秀把嘴巴附在初蕾耳朵边，悄悄说：

"你跟我二哥生气没关系，总得给我妈一点面子。她老人家从早就念叨着，说你爱吃韭菜黄，特别给你包了韭菜黄的馅。你别生气，我把二哥带出去，好好训他一顿，非让他跟你道歉不可。"

初蕾低着头，不再说话。于是，致秀和小方，拉扯着致中走了。

他们一走，室内突然安静了下来。梁先生把手按在致文肩上，说：

"你安慰安慰初蕾，你们年轻人，比较谈得来！"说完，他也退进了卧室。

客厅中只剩下初蕾和致文两个。一时间，两人都没有开口，室内好安静好安静。初蕾蜷缩在沙发里，看来不胜寒苦，她面颊上泪痕未干，手腕上全是和致中挣扎时留下的伤痕，她睫毛低垂着，那睫毛是温润而轻颤着的。致文一瞬不瞬地凝视着她，忍不住发出一声长长的叹息。

他这声叹气惊动了她，她抬起睫毛来看他，一句话也没说，新的泪珠就又涌进了眼眶里。他慌忙掏出自己的手帕递给她，她默默地接过去，擦眼睛、鼻子，她用手指在沙发套上无意识地划着，低低地说：

"我本来不爱哭的，而且，最讨厌爱哭的人！我不知道自己怎么会变成这样子，我告诉过自己几百次，不要哭不要哭不要哭……我也知道致中受不了爱哭的女孩，可是，到时候，我就忍不住……"

他伸手压住她的手，给了她紧紧的、怜惜的一握。她那含泪含愁的眸子使他的心脏绞痛，他吸了口气，不假思索地说：

"如果你是我的女朋友，我不会让你掉一滴眼泪！"

她很快地抬起头来看他，眼里闪过了一抹光芒。第一次，她似乎若有所悟，她眼里有着询问和疑惧的神色。她嚅动着嘴唇，想说什么，却始终说不出口。他紧盯着她，恨不能把她拥进怀里，恨不能吻去她面颊上的泪痕。如果——如果致中不是他的亲弟弟！他咬牙苦恼地把头转开，猝然从她身边站起来，一直走到窗子前面去。点燃了一支烟，他猛然地喷吐着烟雾。

"饺子来了！饺子来了！"梁太太捧着一碗热腾腾的水饺走出来，笑嘻嘻地说，"初蕾，快趁热吃！我告诉你，人在肚子饿的时候，什么事都不对劲，包你吃了东西之后，会觉得好多了！"

初蕾情不自禁地站起身，从梁太太手中接过水饺。透过那蒸腾的雾气，她悄眼看着致文，他仍然一动也不动地站在窗前，在那儿继续吞云吐雾。

第十章

　　初蕾有整整半个多月没有见到梁家的人，更没有见到致中了。自从上次为了看电影不欢而散以后，她就把自己深深地隐藏了起来。大学四年级的哲学系，已经到了做专题研究的时期，除了一门"形上学"，和一门"哲学专题"之外，她根本就无课可上。因而，她去学校的时间也少。如果不事先约定，她根本就遇不到致秀。虽然，致秀也打了好几个电话给她，问她：

　　"你真和我们家绝交了，是不是？"

　　她只是轻叹一声，回答说：

　　"不是。"

　　"那么，为什么不来我家玩了？"

　　她咬咬牙。你那个二哥并没有来道歉呀！她心想，难道爱情里，必须抹杀自尊和自我吗？必须处处迁就处处忍让吗？如果她真能为致中做到没有自我，她的"本人"还有什么价值？而且，她又做得到吗？不，她明白，她做不到，她太要强，她太好胜，她的自尊心太重……而致中，他已经把她所有的好强好胜及自尊心，都践踏得粉碎了。多日以来，她心中就困扰地、不断地在思索着这些问题，而在那被践踏的屈辱里，找不出自己这段迷糊的爱情中，还有任何的生机。

"致秀，"她叹着气说，"不要勉强我，让我冷静下来，好好地想一想。"

"你不用想了，"致秀简单明快地说，"我了解，你只是这口气咽不下去，你放心，我一定说服二哥来跟你道歉！"

原来，他还需要"说服"。她挂断电话，更加意兴阑珊，更加心灰意冷。致中仍然没有来道歉。

初蕾在这些"沉思"的日子中，既然很少去学校，又很少出游，她就几乎整天都待在家里，偶尔，她也会独自到屋后的小树林里去散散步。在家里的时间长了，她才惊觉到这个家相当冷清。父亲每日清早出门，深更半夜才会回家，甚至，当"医院里忙的时候""有手术的时候""有特殊急诊的时候"……他就会彻夜不归。而且，不记得是从什么时候开始，母亲取消了禁令，她在每间卧室里都装上了电话分机。

"免得你们父女两个半夜三更跑楼梯。"

于是，父亲半夜出诊的机会也多了。

发现父亲永远不在家，初蕾才能略微体会到母亲的寂寞。家里人口少，厨房里的工作有阿芳做。母亲经常都是一清早就起身，把自己打扮得清清爽爽，然后就在那偌大的一座房间里，挨去一个长长永昼。初蕾不记得自己是什么时候，曾经撞见父母在床上亲热的了，那似乎是一个世纪的事，那时，她还不曾从欢乐的小女孩，变成忧郁的、成熟的少女。难道，她在转变，父母也在转变吗？

这天上午，她看到母亲在客厅的咖啡桌上玩骨牌。她经常看到母亲玩骨牌，一个人反反复复地洗牌，砌牌，翻牌，再细心地研究那牌中的哲理。母亲有一本书，名叫《牙牌灵数》，母亲就用这本书和牙牌来算卦。她常想，这是件很无聊的事情，因为，你如果一天到晚在问卦，那书中的每一副卦你都该问全了。那么，有答案也就等于没有答案了。

"妈！"她走过去，坐在念苹身边，"你在问什么？"她伸长脖子，去看母亲手里的书。

"随便问问。"念苹想合起书来。

"你问的是哪一卦？"她固执地问，从念苹手中取过那本书。

念苹看了女儿一眼，默默地，她伸手指出了那一卦。初蕾一看，那卦是"中平，中下，中平"。再看那文字，上面是首似诗非诗，似偈非偈的玩意儿：

明明一条坦路，就中坎陷须防。
小心幸免失足，卒履不越周行。

她连念了两遍，不大懂。再去看这一卦的"解"，又是一段似诗非诗，似偈非偈的玩意儿：

　　宝镜无尘染，如今烟雾昏。

　　若得人磨拭，依旧复光明。

旁边还有一行小字，是"断"：

　　蜂腰鹤膝，屈而不舒。

　　见兔顾犬，切勿守株。

　　失之东隅，收之桑榆。

　　她念完了，心里若有所动，抬起头来，她看着念苹，深思地问：

　　"妈，你的问题是什么？问爸爸的事业？"

　　念苹笑了，把书合拢，把那码成一长排的牙牌也弄乱了，她站起身来说：

　　"无聊，就随便问问。"

　　初蕾看着那骨牌，忽然说：

　　"这个东西怎么玩？我也想问一卦。"

　　"是吗？"念苹凝视她，没有忽略她最近的憔悴和消瘦，更没忽略她那因失眠而微陷的眼眶，以及那终日迷惘困惑的眼神。她重新坐了下来，"你洗牌，在内心问一个问题，我来帮你看。"

　　初蕾遵命洗牌、码牌、翻牌，在母亲的指导下做这一切，也在那指导下合目暗祷苍天，给她一个答案。然后，她问的卦出来了，竟然是"上上，中平，中下"。看牌面就由高往低跑，她心中不大开心。翻开书，卦下就醒目地印着一行字：

从前错，今知觉，舍旧从新方的确。

她怔了怔，再去看那首诗：

天生万物本难齐，好丑随人自取携。
诸葛三君龙虎狗，乌衣门巷有山鸡。

她皱起了眉头，把书送到母亲面前。

"妈，它写些什么，我根本看不懂！什么狗呀，老虎呀，山鸡呀，我又不是问打猎！"

"那么，你问的是什么？"念苹柔声问，用手去抚弄初蕾的头发。

初蕾的脸蓦地涨红了。她拿着书，又自顾自地去看那两行"解"：

疑疑疑，一番笑复一番啼。
海市蜃楼多变幻，念头拿实莫痴迷！

她困惑地把这两行字反复念了好几遍，又去看那旁边小字印的"断"：

决策未定有狐疑，一番欢笑一番啼。

文禽本是山梁雉，错被人呼作野鸡！

　　她把书合拢，丢在桌上，默默地发呆。念苹悄悄地审视她，不经心似的问：

　　"它还说了些什么？"

　　"看不大懂。"初蕾从沙发里站起身来，"它的意思大概是说，我本来是只天鹅，可是有人把我当丑小鸭！"她摇摇头，笑了，"这玩意儿有点邪门！它是一种心理学，反正问问题的人都有疑难杂症，它就每首诗都含含蓄蓄地给你来一套，使人觉得正巧搔住你的痒处，你就认为它灵极了。"

　　"那么，它是不是正巧搔到你的痒处了？"

　　初蕾的脸又红了红，她转身欲去。

　　"不告诉你！"

　　念苹淡淡地笑了笑，慢腾腾地把牙牌收进盒子里，慢腾腾地收起书，她又慢腾腾地说了句：

　　"现在，没有人会把心事告诉我了！"

　　初蕾正预备上楼，一听这话，她立即收住脚步，回头望着母亲，念苹拿着书本和牌盒，经过她的身边，也往楼上走。她那上楼的脚步沉重而滞碍，背影单薄而瘦弱。在这一刹那间，她深深体会出母亲的寂寞，深深体会出她那份被"遗忘"及"忽略"的孤独。她心底就油然生出一种深刻的同情与歉疚。

　　"妈！"她低喊着。

　　念苹回头看看她，微笑起来。

　　"没关系，"她反而安慰起初蕾来，"每个女儿都有不愿告诉妈妈的心事，我也是这样长大的。我懂！初蕾，我没有怪你。"

念苹上楼去了。

初蕾扶着楼梯的柱子，一个人站在客厅中发怔。半晌，她跺了一下脚，自言自语：

"有些不对劲，非找爸爸谈一次不可！"

她踩上一级楼梯，心里恍恍惚惚的，今天又没课，今天该干什么？她靠在楼梯扶手上出神。隐隐地，有门铃声传来，她没有动，也没有注意。然后，她听到阿芳在说：

"小姐，梁家的少爷来了！"

她的心脏怦然猛跳，她倏然回头，厉声说：

"阿芳，告诉他我不在家！"

"何苦呢！"一个声音低沉而叹息地响了起来，"致中得罪了你，并不是我们梁家每个人都得罪了你呵！"

她立即抬头，原来是致文！他斜靠在墙上，正用他那对会说话的眼睛深深地、深深地瞅着她。她那颗还在怦怦乱跳的心脏，却更加跳得凶了。某种难解的喜悦一下子就奔窜到她的血液里，使她整个人都发起热来。她奔下楼梯，一直走到他面前。

"是你？"她微笑着说，"我不知道是你呀！"

"你以为是致中？"他问，眼珠更深更黑了，"那么，我让你失望了？"

"胡说！"她亲切地拉住他的手，把他拉向沙发，"如果是致中，我不会让他进门！"

　　致文靠进沙发里。阿芳倒了杯茶来，就悄然地退开了。初蕾仔细地审视致文，她发现他下巴上贴了块橡皮膏，整个下巴都有些红肿，她就惊奇地伸手去碰碰那下巴，愕然地问：

　　"怎么回事？你和人打架了？"

　　他把头侧了侧，眼光微闪了一下。

　　"不，不是。"他吞吞吐吐地。

　　"那怎么会弄伤了？"她关心地看他，侧着头，去研究那伤痕，"摔跤了？还是给车撞了？"

　　"不，不是，都不是。"他摇摇头，握住她那在自己下巴上轻抚的手，"是……是我在雕刻的时候，不小心用雕刻刀戳到了。"

　　"雕刻？你又在刻什么东西？"她好奇地。

　　"刻……刻……刻一个小动物。"

　　"什么小动物？"

　　"一只……一只兔子！哦，不是，我在刻一只狗熊！"

　　她紧紧地盯着他，大眼睛一瞬不瞬。

　　"你今天怎么了？"她问，"为什么每句话都吞吞吐吐？"她用手轻抚他的手，"你从来不会撒谎，致中撒谎时面不改色，你做不到。你一撒谎，脸色也不对，语气也不对了。只是——我不知道你哪一句话是谎话！"

　　他迎视着她的目光，叹了口气，他把头转开了，笑容从他的唇边隐去。

　　"我在你面前是什么秘密也藏不住的，是不是？"他说。靠进沙发里，从怀中取出一支烟，"是的，"他闷声说，"我和人打架了！"

她惊跳了一下。

"你怎么会打架？你一定打输了。"

"是的，打输了。否则，也不会挂彩了。"

"你和谁打架？"

"致中。"

她愣住了。微张着嘴，她傻傻地望着他，又傻傻地问了一句：

"为什么？"

他燃起了烟，不说话。眼光只是定定地看着手上的烟。一缕轻烟，正袅袅地从烟上升起，缓缓地在室内扩散。她愣了好几秒钟，终于低低地、担忧地、小心翼翼地、细声细气地说了两个字：

"为我？"

他仍然不说话，只是猛抽着烟。于是，她伸手从他手中夺下了烟，弄熄了。她凝视着他，命令似的说：

"告诉我！"

他掉回眼光来，正视着她。他的眼睛又闪着那种特殊的光芒，深邃如两口深井，她看不清那井有多深，更看不清井底藏着些什么。不自觉地，她就在这注视下紧张起来，她的呼吸急促，胸口起伏不定。

"是的，为了你！"他坦率地说，声音低哑，"我要他来向你道歉，他不肯。"

她忽地就从沙发上站起来，她的脸涨红了。懊恼、愤怒、悲哀、难堪……各种情绪都混合着对她像海浪般卷来，而最最让她受不了的，是她那自尊心所蒙受的打击，是她的骄傲再一次被践踏。她恶狠狠地盯着他，恶狠狠地握着拳，恶狠狠地叫了起来：

"谁要你多管闲事？谁要你去找他来道歉？我和他的事是我们自己的事，根本用不着你热心，用不着你干涉！你就该躲在房间里，去念你自己的诗，作你自己的论文！你管我们干什么？你这个莫名其妙的糊涂蛋……"

他闭了闭眼睛，脸色在一刹那间就变得惨白了。一句话也没再说，他从沙发里站起身，转身就往客厅门口走去。她呆住了，停止了嚷叫，她愕然地张着嘴，瞪视着他那毅然离去的背影，倏然间心如刀割，她大喊：

"致文！"

他停了停，没有回头。他又举步向客厅外走去。

"致文！"她再叫，声音弱了下来。

他仍然往门外走。

"致文！"她第三次叫，声音低弱得如同耳语。

他已经走到门口，伸手去转那门钮。

她倒进了沙发里，用手抱住了头，把整个脸孔都埋在一个靠垫里。她听到大门开了，又听到门关了。他走了！他走了！她赶走了他！她骂走了他！她气走了他！她呻吟着用牙齿咬住了靠垫，后悔得想马上死去。不要！不要！不要！她心里在狂喊着。致文，请留下来，请留下来，请留下来！她心里在悲鸣着。我不要骂你，我骂的是他，我不要骂你！致文，你这个傻瓜，你为什么要走？我需要你！需要你！需要你！……

有人无声无息地靠近了她，有只手伸过来，去取那个紧压在她脸上的靠垫。是谁？阿芳？还是母亲？她狐疑着，却下意识地更抱紧了靠垫。于是，她听到一声幽幽长叹，那熟悉的、低沉的、略带沙哑的嗓音就在她耳边响起了：

"你要把自己闷死吗，初蕾？"

是致文！他没有走！她飞快地抬起头来，把靠垫扔得老远。她立即面对着他的脸，他的脸色仍然苍白，他的眼睛仍然深幽，他的眉头仍然紧蹙……而他那眼底眉梢，却充溢着一片狼狈的、热烈的深情。她低喊了一声，立即忘形地投进了他的怀里，用手牢牢地抱住了他的腰。

"致文，你不要走，不要生我的气，请你不要生我的气……"她哭了，眼泪不受指挥地滚了出来，"你瞧，你说你不会让我哭你还是把我弄哭了……"她胡乱地说着，自己也不知道在说些什么，"你很坏，你坏极了！你明知道我不是成心骂你，你把我弄哭……瞧，你把我弄哭……"

他推开她的身子，用双手捧住了她的脸，她那泪珠正晶莹闪亮地沿颊滚落，一串串的像纷乱的珍珠。他喘了口气，哑声低喊：

"不许哭了。"

泪水还是滚下来。

"你再哭，"他温柔地、威胁地说，"你再哭我会吻你！"

她根本没听清楚他在说什么，泪珠依然滚下来。然后，猝然间，他就一把拥住了她，把嘴唇紧压在她的唇上。她有片刻思想停止，只觉得头脑中昏昏沉沉，她不由自主地回应着他，近乎贪婪地迎接着那种令她晕眩的甜蜜。她感到浑身火热，好像自己已变成了盆熊熊炉火，正在那儿燃烧，燃烧，燃烧……多么疯狂的火焰，多么完美的燃烧……她呻吟着，恨不能让自己在这疯狂的甜蜜中，被燃烧成灰烬。

不知道过了多久，终于，他的头抬起来了。她的眼睛仍然合着，长睫毛密密地垂在那儿。她的面颊嫣红如醉，那湿润的、红艳艳的嘴唇，像浸在酒里的樱桃。她面颊上还残留着一滴泪水，像清晨在花瓣上闪烁的露珠。他俯头再吻干了这滴露珠，她的眼睛才慢慢地、慢慢地张开了。他们相对凝视，两人都在一种近乎催眠的情绪中，缓慢地苏醒过来。两人眼中都逐渐充满了疑惧与惊悸的神色，然后，她忽然推开他，退到了沙发的一角。

"你……"她颤声说，"为什么要这样做？"她瑟缩地打了个寒噤，把自己蜷缩成了一团。不要！她心中低喊着：致文，不要用这种方式来安慰我！我可以忍受被致中的"甩掉"，但是，不能忍受你的怜悯！不要，致文！不要用这种方式来安慰我！

他在她那略带责备和幽怨的眼光下张皇失措，一种狼狈的受伤的感觉就抓住了他。她爱的还是致中！自己在做什么？想乘虚而入吗？卑鄙！下流！她毕竟是致中的女友呵！他的脸涨红了，眼光低垂了，声音虚弱而无力：

"对不起，初蕾，请原谅我！我是……是……"他嗫嚅着，更狼狈，更失措，更慌乱，"情不自已！"

情不自已？为什么？因为自己哭了？因为自己像个失恋的小傻瓜？因为自己哀求他回来？情不自已？她在诱惑他给她安慰奖呵！她把头转开了。

他注视着她，心如刀割。他冒犯了她！趁她在心情最恶劣的时候，去占她便宜！她一定这样想，否则，她那张小脸怎么忽然变得这样冷冰冰？他的心里冒着寒气，不由自主地，他退回了房门口。

"初蕾，你放心。"他低语。

"放心什么？"她哑声问。

"致中只是一时糊涂，他会想明白的。"

啊！她心中发出一声疯狂的大喊，她觉得自己要窒息了。梁致文，你这个混蛋！当你吻过我之后，却来告诉我致中是"一时糊涂"！那么，你这一吻是什么？也是"一时糊涂"吗？你后悔了？你害怕了？你怕我会用爱情来把你拴住吗？你又要把我推回给致中了，生怕我会吃掉你吗？你退向门口，你要逃走了！你以为我要你对这一吻负责任吗？你，你和致中一样可恶，一样对爱情不敢负责任，一样自私，一样莫名其妙！你——你——她气得浑身发抖，顺手抓了一个靠垫，她对他的脑袋砸了过去，大叫着说：

"滚出去！梁致文！我恨你，我恨你，恨你们兄弟两个！"

他逃出了那间客厅，靠在墙上，他强忍住心中那一阵撕裂般的痛楚。她恨他！他咬紧牙关，想着她的话，她恨他！他"曾经"是个"好哥哥"，现在，他是个"仇人"了。他踉跄着走上了街头，心底是一片惨切和愁苦。

第十一章

梁致文躺在床上抽烟。

他喷出一个大烟圈，又喷出一个小烟圈。然后，他凝视着两个烟圈在室内扩大，扩大，扩大……终于扩大成一片模糊的白雾，迷蒙在昏黄的灯晕之下。他凝视着这白雾，雾里浮起一张鲜明的脸，浓浓的眉毛，活泼的大眼睛，薄薄的嘴唇，爱笑爱说的那张嘴……他的记忆一下子被拉到许多年以前。

"你是学中国文学的？"她惊奇地扬着眉，一脸的调皮、淘气和好胜，"那么，你敢不敢跟我比赛背唐诗？我们来背《长恨歌》，看谁背得快！"

"我不行，"他说，"我很久没背过这首诗了。"

"大哥，"致秀喊，"你有点出息好不好？连接受挑战的勇气都没有！"

"他不是没勇气，他是礼貌，"致中说，挑拨地撇着嘴，

"夏初蕾，你别上我大哥的当，他从小就是书呆子，你可以跟他比游泳赛跑，千万别比念书！"

"我们来比！马上比！"初蕾笑着，叫着，一迭连声地喊着，推着致秀，"致秀，你当公证人！去找本《唐诗三百首》来，快！"

致秀找来了《唐诗三百首》，握着书本，高叫着：

"好，我说开始就开始，两个人一起背，看谁先背完！一二三！"

致秀的"三"字刚完，初蕾的琅琅书声已经飞快地夺口而出：

汉皇重色思倾国，御宇多年求不得。

杨家有女初长成，养在深闺人未识。

天生丽质难自弃，一朝选在君王侧。

回眸一笑百媚生，六宫粉黛无颜色。

……

他在起步上就比她输了一步，幸好，他还沉得住气，一句一句地跟进。但是，她越念越快，越念越流利，声音泠泠朗朗，就像瀑布的水珠飞溅在岩石上，更像那森林中的水车，旋转出一连串跳跃的音符。口齿之快，简直到了匪夷所思的地步，稀里呼噜一阵，听也没听清楚，她已念到"君王掩面救不得，回看血泪相和流"了。

他放弃了，住了口，呆呆地看着她那两片嘴唇不停地嚅动，呆呆地听着那叽里咕噜地背诵。她成了独自表演，但她并不停止，声音已经快到让你捉不住她的音浪，一会儿时间，她喘口气，已念到"鸳鸯瓦冷霜华重，翡翠衾寒谁与共？悠悠生死别经年，魂魄不曾来入梦。……"然后，她停了口，亮晶晶的眼珠乌溜溜地转动，环顾着满屋子都听呆了的人们。接着，她就一下子大笑了起来，笑得滚倒在沙发里，笑得喘不过气来，笑得抱住致秀又摇又搓又揉，笑得捧住了自己的肚子，笑得那满头短发拂在面颊上……她边笑边说：

"你们上了我的当，我哪里背得出来，除了第一段以外，下面的只陆续记得几个句子，我叽里咕噜，含含糊糊地念，你们也听不清楚，我碰到我会的句子，我就大声念出来，不会的我就念：南无阿弥陀佛，阿弥陀佛大慈大悲，大慈大悲阿弥陀佛……你们居然一个也没听出来，哈哈哈！哈哈哈……"

她笑得那么得意，那么狂放，那么淘气，那么毫无保留，使满屋子的人都跟着笑了。好不容易，她笑停了，却忽然脸色一正，对他说：

"我们重新来过，这次我赖皮，算打成平手。现在，我们来背《琵琶行》吧！"

"可以。"他得了一次教训，学了一次乖，"你先背，我们一个背完，一个再背。要咬字清楚，计时来算，致秀管计时！"

她瞪了他几秒钟，然后，她整整衣裳，板着脸孔，在沙发上"正襟危坐"。脸色严肃而郑重，端庄而文雅，她开始清清楚楚地，一丝不苟念了起来：

浔阳江头夜送客，枫叶荻花秋瑟瑟。……

她一口气念到最后的"座中泣下谁最多？江州司马青衫湿"居然一字不错，弄得满屋子的人都瞠目结舌，甘拜下风。

这是多久以前的事了？三年多了！时间过得真快，那时，她还在念大一，刚刚从高中毕业，清新洒脱，稚气未除。也就是那天，背诗的那天，他就深深地体会到了，这个女孩注定要在他生命里扮演主角！是的，她确实在他生命里成了主角，他却在她生命里成了配角！只因为，另有人抢先占据了主角的位置——他的弟弟，梁致中。

致中，这名字掠过他的心头，带来一抹酸涩的痛楚，他下意识地看看手表，已经深夜十一点多了。致中还没有回家，这些日子来，致中似乎都忙得很，每晚都要深更半夜才回来。他正流连何方？和初蕾闹得那样决裂，他好像并不烦恼。致文咬了咬牙。他在一种近乎苦痛的愤怒中体会着：致中对初蕾的热度已经过去了。就像他以往对所交过的女友一样，他的热度只能维持三分钟。初蕾，她所拥有的三分钟已经期满了。为什么初蕾会选择致中？为什么自己会成为配角？"哥哥"，是的，哥哥！她只把他当哥哥，一个诉苦的物件，一个谈话的物件，却不是恋爱的对象！他恼怒而烦躁地深吸了口烟，耳畔又响起她对他怒吼着的话：

"滚出去！梁致文！我恨你！我恨你！恨你们兄弟两个！"

他咬紧了烟蒂，牙齿深陷进了烟头的滤嘴里。心底有一阵痉挛的抽痛，痛得他不自觉地从齿缝中向里面吸气。为什么？他恼怒地自问着：为什么要那样鲁莽？为什么要破坏自己在她心目中的地位？为什么要失去她的敬爱？可是……他闭上眼睛，回忆着她唇边的温存，她那轻颤的身躯，她那炙热的嘴唇，她身上那甜蜜的醉人的馨香……他猛然从床上坐起来，虽然是冬天，却觉得背脊上冒出一阵冷汗。梁致文，你不能再想，你根本无权去想！

他踉跄着走下床来，踉跄着冲向了洗手间，他把脑袋放在水龙头下面，给自己淋了一头一脸的冷水。然后，他冲回房里，冲到书桌前面，必须找点事情做一做！必须！他找来一块木头，又找来一把雕刻刀，开始毫无意识地去刻那木块，他削下一片木头，再削第二片，再削第三片……当他发现自己正莫名其妙地把一块木头完全削成了碎片时，他终于颓然地抛下了刀子。

把所有的碎片都丢进了纸篓，他靠进椅子里，伸手到口袋中去拿香烟，口袋的底层，有颗小小的东西在滚动，他下意识地摸了出来，是那颗红豆！摊开手心，他瞪视着那滴溜圆、光可鉴人的红豆。相思子？为什么红豆要叫相思子？他又依稀记得那个下午，在初蕾的校园里，他拾起了一个豆荚，也种下了一段相思。一颗红豆，怎生禁受？他又想起初蕾那天真的神态，挑着眉毛说：

"改天，你要告诉我这个故事，一颗红豆！"

告诉她这故事？怎样告诉她？不不，这是个永无结果的故事，一个无头无尾的故事。永远无法告诉她的故事。他站起身来，走到窗边，把窗子打开，他拿起那颗红豆，就要往窗外扔，忽然，他的手又停住了，脑中闪过古人的一阕红豆词，其中有这么两句：

泥里休抛取，怕它生作相思树！

罢了！罢了！罢了！他把那颗红豆又揣回口袋里，重重地坐回到书桌前面。沉思良久，他抽出一沓信笺，拿起笔，在上面胡乱地写着：

算来一颗红豆，能有相思几斗？

欲舍又难抛，听尽雨残更漏！

只是一颗红豆，带来浓情如酒，

欲舍又难抛，愁肠怎生禁受？

为何一颗红豆，让人思前想后？

欲舍又难抛，拼却此生消瘦！

唯有一颗红豆，滴溜清圆如旧，

欲舍又难抛，此情问君知否？

写完，他念了念。罢了！罢了！无聊透了！他把整沓信笺往抽屉中一塞，站起身来，他满屋子兜着圈子。自己觉得，像个被茧所包围的昆虫，四壁都是坚韧难破的墙壁，怎么冲刺都无法冲出去。他倚窗而立，外面在下着小雨，淅淅沥沥的。他惊觉地想起，台北的雨季又来了。去年雨季来临的时候，天寒地冻，他曾和初蕾、致秀、赵震亚、致中大家围炉吃火锅，吃得每个人都稀里呼噜的。曾几何时，赵震亚跟致秀吹了，半路杀进一个小方。初蕾呢？初蕾和致中急遽地相恋，又急遽地闹翻，像孩子们在扮家家酒。怎么？仅仅一年之间，已经景物依旧，而人事全非！

大门在响，致中终于回来了！他听到致中脱靴子的声音，关大门的声音，嘴里哼着歌的声音……该死！他还哼歌呢！他轻松得很，快乐得很呢！致文跳起来，打开房门，一下子就拦在致中面前：

"进来谈谈好不好？"

致中用戒备的眼神看着他：

"我累得不得了，我马上就要睡了。"

他把致中拉进了房间，关上房门，他定定地看着致中。致中穿着件牛仔布的夹克，肩上、头发上，都被雨水淋得湿漉漉的。他那健康的脸庞，被风吹红了，眼睛仍然神采奕奕。眉间眼底，看不出有丝毫的烦恼、丝毫的不安，或丝毫的相思之情。致文深吸口气，怒火从他心头生起，很快地向他四肢扩散。

"你到什么地方去了？"他沉声问。

致中脱下了手套，握在手中，他无聊地用手套拍打着身边的椅背，眼睛避免去和致文接触，他掉头望着桌上的台灯。

"怎么？"他没好气地说，"爸爸都不管我，你来管我？"

"不是管你，"他忍耐地咬咬牙，"只想知道你去了哪儿，玩到这么晚？"

"在一个朋友家打桥牌，行了吗？"致中说，"没杀人放火，也没做坏事，行了吗？"

致文紧紧地瞪着他。

"你还是没有去看初蕾？"他问，"连个电话都没打给她？你预备——就这样不了了之了，是不是？"

"大哥，"致中的眼光从台灯上收回来，落在致文脸上了，他看看致文的下巴，那儿的伤口还没平复，"你总不至于又要为了初蕾，跟我打架吧？"他问，"我以为，我已经把我的立场，说得很清楚了！我这人生来就不懂什么叫道歉，你休想说服我去道歉！她要这样跟我分手，我难不成去求她回心转意，我们兄弟从小一块长大，你看我求过人没有？当初她跟我好，也是她心甘情愿，我也没有勉强过她！甚至于，我也没追求过她！"

"哦！"致文重重地呼吸，"难道说，是她追求你？"

"也不是。"致中停止了拍打手套，皱了皱眉头，忽然正色说，"大哥，让我告诉你吧，我和初蕾之间，老实说，已经没有希望了！你别再白费力气，拉拢我们了！"

"哦！"致文的眼睛瞪大了，"什么叫没有希望了？你说说清楚，这是什么意思？"

"我承认，初蕾是个很可爱的女孩子，"致中沉思地说，"当初，她又会笑又会闹，又活泼，又调皮，她确实吸引我，让我动心极了。可是，等到我真跟她进入情况以后，她整个人都变了，变得爱哭，爱生气。整天，不是哭哭啼啼就是气呼呼的，大哥，你知道我，我一向大而化之，不拘小节，我不会伺候人，也不会赔小心。最初，她生气我还会心疼，还会迁就她，等她成天生气的时候，我就简直受不了了。我觉得，到后来，我跟她在一起，根本就是受罪而不是快乐！这些日子，她不来烦我，我反而轻松多了。你瞧，这种情况，还有什么希望？"

"你有没有想过，"致文诚恳地说，"她变得爱哭，爱生气，都是因为你太跋扈、太任性的关系？"

"可能是。"致中点点头，"但是，我一直就是这个调调儿，她如果不喜欢我的跋扈和任性，当初就不该跟我好。既然跟我好了，她就该顺着我！"

"难道你不能为她而改变一下自己吗？"致文更诚恳了，更真挚了，几乎带着点祈求的意味，"女孩子，生来就比男人娇弱，你让她一点，并不损失什么。爱情，本身就需要容忍，你如果真爱她，就会对她的一颦一笑、一举手一投足都充满了关切，充满了欣赏，甚至于，连她的缺点，你都能看成是优点……"

"呵！这样才算恋爱吗？你别把我累死好不好？"致中叫着说，"你看我像这种人吗？而且假若这样才算恋爱的话，我和她之间，是谁也没爱过谁！"

"怎么说？"

"我既不能把她的缺点看成优点，她也没把我的缺点看成优点！否则，她就该对我的一举一动、一言一语、一笑一皱眉的……都欣赏得不得了，我说看恐怖电影，她就说我胆子大，够男儿气概，我说看武侠片，她就说这是英雄本色，那不就皆大欢喜了吗？也不会吵架，也不会哭哭啼啼，也不会在街上拖拖拉拉地丢人现眼了！"

"原来，你需要一个应声虫！"

"不是！"致中用力地在椅背上拍了一下，"我是在套你的公式，证明一件事情，我和她之间，谁也没爱过谁！"

"你怎么能够这样轻易地抹杀一段爱情？"致文沉不住气了，不知不觉地提高了声音，"你把人家快快乐乐的一个女孩子，折磨成了个小可怜，现在，你干干说一句，根本没爱过，就算完了？你怎么这样没有责任感？这样游戏人生，玩弄感情？你简直像个刽子手！你知道你对初蕾做了些什么？你使她失去自尊，失去骄傲，失去欢笑，失去自信……"

"慢点慢点！"致中打断了致文，"你最好不要给我乱加罪名！我知道，你心里喜欢初蕾，远超过我喜欢她，现在不是正好吗？我把她让给你……"

"胡说！"致文猛拍了一下桌子，脸色发白了，"她对你而言，只是一件玩具吗？可以随便转让？随便送人？随便抛开？……"

"你敢说你不爱她吗？"致中抗声问，因为致文的咄咄逼人而急思反击，"你敢说你不喜欢她吗？你敢说你不想要她吗？你说！你说！"

"是的！"致文冒火了，他大声地说，"我是喜欢她，我是爱她，我是要她！可是，她选择了你！"

"那是她的不幸，也是我的不幸！"

"致中，"致文怒吼，"你是个不折不扣的混蛋！"

"奇怪，"致中侧着头，冷冷地望着致文，"你为什么一定要强迫我跟初蕾好？你难道不明白，这段感情已经结束了吗？你难道不明白，她需要一个温柔多情的男人，而我根本不是她要的那种类型！她也不是我要的那种类型，我们一开始就错了，为什么一定要继续错下去？现在这样结束，岂不是比以后铸成大错，再来懊悔好得多？大哥，你一定要我亲口说出来，我决定……"

"决定不要初蕾了？"致文森冷地接话。

"是的。"致中坦率地说，迎视着致文的目光，"我告诉你吧，初蕾完全不适合我，我要一个能崇拜我的女孩子，就像你说的，能把我的缺点当优点的女孩子！不会对我说'不'字的女孩子！能把我当一个神来膜拜的女孩子……"

"世界上有这种女孩子吗？"致文冷哼，"你下辈子也找不到！"

"谁说的？"致中的下巴抬高了，急切中，他不假思索地说了出来，"你怎么知道就没人崇拜我？爱我？对我言听计从，永不反抗？我就认得一个这样的女孩子，她柔得像水，美得像画，顺从得像一只小波斯猫……"

"好呀！"致文大怒，他的眉毛高高地挑了起来，一伸手，他抓住了致中胸前的衣服，怒不可遏地嚷，"你这才说了真心话了！原来你变了心！怪不得你不要初蕾了，怪不得你派了她几千几万个不是！原来你有了新的女朋友！原来你又见异思迁了！所以你和初蕾吵架，你故意和她吵架……"

"才不是呢！"致中也叫了起来，"你别血口喷人！我认识雨婷是在和初蕾吵架以后的事，才不过一个多月，如果初蕾不和我吵架，我根本不会认识雨婷！你不要把因果关系颠三倒四……"

"我不管什么因果关系！"致文大叫，"反正你变了心！反正有另一个女孩子插了进来！你！你是个无情无义的混蛋！你是个不负责任的混蛋！你是个玩弄感情的混蛋！初蕾为了你，瘦得不成人形，你却整天流连在别的女人身边！你！你还是人吗？你还有人性吗？你……"

"放开我！"致中挣扎着，被骂得火冒三丈，他开始口不择言地反攻，"你爱她，你不会去追她？一定要把她塞给我？你才是混蛋！你不只是混蛋，还是糊涂蛋！不只是糊涂蛋，还是笨蛋！你不敢追你爱的女孩子，却在这儿假作清高！满身道学气！满身迂腐气！你应该活在十八世纪，你头脑不清，是非不明……"

"我头脑不清，是非不明？"致文气得浑身簌簌发抖，连声音都变了，"好好好，我该死，我混蛋，我要顾全兄弟之义，才害惨了初蕾！你骂得对，我早该知道你根本不是人，我早该采取攻势！"他咬住嘴唇，脸色发青，"我知道我打不过你！我也知道我下巴上的伤口还没好，可是，我非揍你不可！"

他一拳对致中挥了过去，致中往后一翻，就躲过了这一拳。但是，房间太小，他这一翻就翻到了床上。致文立刻扑到床上，整个身子都压在他身上，对着他的下巴不住挥拳下击，致中左躲右闪，用手撑住了致文的头，嘴里咆哮地大叫着：

"你别发疯！我是在让你，论打架，两个你也不是我的对手，你再打！你再打！你把我惹火了，我就不留情了！你还打？你这个神经病！"

致中挥拳反击了，致文从床上滚到了地上，致中的眼睛也红了，眉毛也直了，扑过去，他抓住致文，也一阵没头没脑地乱打。一时间，室内的桌子也倒了，椅子也翻了，台灯也砸碎了，茶杯也打破了……满屋子惊天动地的稀里哗啦声……

全家人都惊醒了，致秀第一个冲了进来，梁氏夫妇跟在后面，也冲了进来。致秀尖叫着：

"大哥，二哥！你们都疯了？住手！还不赶快住手！住手！"

她奔过去，一把抱牢了致中。因为，致中正骑在致文身上，把致文打了个昏天黑地。

"哎呀！"梁太太惊呼着，"这算怎么回事？一个星期里打了两次架了！小时候兄弟两个倒亲亲热热的，长大了怎么变仇人了？"

"你们羞不羞？"梁先生气得吹胡子瞪眼，"为了一个女孩子打架？世界上的女孩那么多，你们干吗兄弟两个都认定了夏初蕾！"

"爸爸！"致中跳起身子，仍然气喘吁吁。他没好气地说，"你别弄错了，我们不是在抢夏初蕾，是在'让'夏初蕾！大哥不许我不要她！真莫名其妙！"说完，他一头就冲出了致文的房间。

致文躺在地上，下颚又破了，嘴唇也破了，血正从嘴角沁出来。梁太太担忧地俯下头去看：

"怎样？伤得重不重？要不要请医生？"

致文支起了身子，靠在墙上喘气，拼命摇头说：

"我没事！爸爸，妈，你们去睡吧！对不起，我是一时气昏头了。"

"你确定没事吗？"梁太太还不放心。

"爸爸，妈！"致秀说，"你们去睡，我来照顾大哥！放心，这点小伤根本不算什么。"

梁先生唉声叹气地，跟太太一起出去了。致秀站起身来，关好房门，她把致文扶到床上，用毛巾压在他嘴角的伤口上。她瞅着他，叹了口气。

"大哥，你也糊涂了，是不是？打架，能解决问题吗？你能把二哥'打'给初蕾吗？"

致文望着致秀，心里有千言万语，没一句说得出口。致秀却在她哥哥的眼中，读出太多太多的东西。她怔怔地看着致文，忍不住说：

"大哥，你为什么不追她？"

他定定地看着她，眼底是一片坦率。

"我试过。"他哑声说，"但是失败了。她心里只有致中，我徒然……自取其辱。"

是吗？致秀更加发愣了。

第十二章

雨季来临了。

晚上，天气变得更加凉了，但是，在杜慕裳的客厅里，却是春意融融的。慕裳躲在厨房里，正用烤箱烤一些西式的小脆饼，那奶油的香味弥漫在整座房间里。她斜靠在墙上，不经意地望着那烤箱，只为了可以倾听到从客厅里传来的笑语声。

一切都那么奇妙，奇妙得不可思议。夏寒山最初把小方带来，用意原就相当明显。慕裳一看小方一表人才，气宇轩昂，心里就有一百二十万分的喜欢，巴不得能成其好事。谁知，小方看病归看病，看完病后就开药，开了药就走，从来都彬彬有礼而庄严过度。看了几次病，他和雨婷间仍然隔着千山万水。慕裳不得已，千方百计地讨好他，留他吃晚饭，给他弄点心，这一下，逼得这位医生带了个"未婚妻"来，这冷水泼得真彻底极了。但是，慕裳做梦也想不到，跟着这

"未婚妻"一块跑来的梁致中，竟和雨婷间像有夙缘似的，一见面就谈得投机。第二天，这位鲁莽而豪放的小伙子，就不请自来了。从此，他成了家里的常客，而雨婷呢？却像被春风吹融了的冰山，不只冰融了，泥土上竟抽出新绿，不只抽出新绿，竟绽放起花朵来了。

这所有的事，发展得出奇地快，快得让慕裳有些措手不及，整个变化，也就是一个月之间的事，这个月，夏寒山因为医院里的事特别忙，很少来慕裳这儿，所以，连夏寒山都不知道，他所推荐的小方医生已经有名无实，被一个毫无医学常识的小伙子所取代了。慕裳真迫不及待地想告诉寒山，他的诊断毕竟是对的！雨婷自从邂逅了梁致中，就眼看着丰满起来，眼看着娇艳起来，眼看着欢乐起来……她哪儿还是个病恹恹、软绵绵、弱不禁风的小女孩，她正像朵被夏风吹醒的花苞，在缓慢地苏醒，缓慢地绽开她那一片一片的花瓣。

真想告诉寒山！真想见到寒山，而且，还有件更意外的事要告诉他！许许多多的事要告诉他，让他分享她的喜悦！虽然致中不是寒山直接带来的，却也是他间接带来的！如果没有小方医生，哪儿来的梁致中！说不定，从此雨婷的病就好了，从此，是新生命的开始，像蜕了壳的幼虫，正要展翅幻化为美丽的蝴蝶。新生命的开始，是啊，她晕眩地靠在墙上，喜悦地倾听着，似乎听到那生命的跫音，正在向她走近。

客厅里传来了钢琴声，雨婷又在弹琴了！

是的，雨婷正在弹琴，她坐在钢琴前面，披垂着一肩秀发，两手熟练地掠过琴键，眼睛却如水如雾如梦如幻地注视着致中。致中的身子半伏在琴上，手里握着杯雨婷亲自帮他调的柠檬汁。他瞪视着雨婷，在他生命里，遇到过各种活跃的女孩子，却从没有像雨婷这种。她的面颊白皙，美好如玉。眼光清柔，光明如星。她的声音娇嫩，如出谷黄莺，浑身柔若无骨，而吐气如兰。她像名贵的灵芝，连生长的环境，都是个熏人如醉的幽谷。

"你要不要听我唱歌？"雨婷问。

"你还会唱歌？"致中惊奇地问。

"我会唱，但很少唱。"

"为什么？"

"没遇到你以前，我只唱给妈妈听，现在遇到你，我可以唱给你听了。因为……"她低低叹气，声音清晰、婉转、坦白，没有丝毫的矫情，就那么自然而然地说出来了，"我好喜欢好喜欢你。"

致中按捺不住一阵心跳，从没遇到过如此坦率的女孩子！假如她是个野性的女孩，这句话只会让他好笑，假如她是个不在乎的女孩，这句话会让他觉得她十三点。但，她那样洁白无瑕，那样纤尘不染，那样清丽脱俗，又那样出自肺腑地说出来，就使他整个心都飘飘然了。

她弹出一串美妙的音符，又低语了一句：

"我唱这支歌，为你！"

她开始唱了：

自从与你相遇，从此不知悲戚，

欢笑高歌为谁？只是因为有你！

昨夜轻风细细，如在耳边低语，

独立中宵为谁？只是默默想你！

今晨雨声滴沥，敲碎一窗沉寂，

夜来不寐为谁？只是悄悄盼你！

如今灯光掩抑，一对人儿如玉，

满腹欢乐为谁？只因眼前有你！

她唱着，咬字清晰，声音柔美，而双目明亮。致中注视着她，完全听呆了。她弹着琴，反复地唱着，一遍又一遍。她的大眼睛默默地睁着，眼珠黑蒙蒙的，动也不动地看着他，看得他心都震颤了，头都昏沉了，思想都迷糊了。她似乎深陷在歌声琴韵中，深陷在柔情千缕里，她不停地弹，不停地唱，她唱得痴了，他听得痴了。当她第五遍唱到"满腹欢乐为谁？只因眼前有你！"时，致中忍不住就伸出手去，握住了她那在琴键上飞舞的小手，她那手指被琴键冻得冷冰冰的。他把那手送到唇边去，用嘴唇温热那冰凉的手指，眼光却定定地停在她的脸上。于是，她一语不发地，就投进了他的怀里。

他紧抱着她，用嘴唇压在她的唇上，她笨拙地回应他，他们牙齿碰到了牙齿。他的心被欢乐充满了，被喜悦充盈了，被珍惜和意外所惊扰了。他把她的头揽在肩上，在她耳边悄悄问：

"从来没有人吻过你吗，小傻瓜？"

她战栗地低叹：

"妈妈吻过。"

他微笑了，怜惜而宠爱地低语：

"那是不同的。让我们再来过！"

他再吻她，细腻地、温柔地、热情地、辗转地吻她。在这一刹那间，他想起了和初蕾的初吻。在青草湖边，她回应他的动作并不生硬，她配合得恰到好处，使他立即断定她并非第一次接吻。吻完了，她反而责问他：

"你很老练啊，你第一次接吻是几岁？"

"十八岁！"他说，事实上，他在撒谎，他直到读大二，才和一个比他大两岁的女孩吻过，"你呢？"

"十四岁！"她答得干脆利落。

现在，他吻着雨婷，一个为他献出初吻的女孩，不知怎的，这"第一次"竟深深地撼动了他。如果在这一瞬间，他对初蕾有任何歉意的话，也被这个记忆冲淡了。一个十四岁就接吻的女孩，不会把爱情看得多珍贵，也不会对爱情太认真。他继续吻着雨婷，吻得她脸发热了，吻得她的心脏怦怦跳动。她那纤细瘦弱的身子，在他怀中，显得又娇小，又玲珑。半晌，他抬起头来，仔细地看她，她脸红得像熟透了的苹果。

"坦白说，"他瞪着她，"你不是我吻过的第一个女孩，也不是第二个。"他说，自己也不懂，为什么要讲这句煞风景的话。或者，在他潜意识中，他还不太愿意被捕捉。

"我知道。"她娇羞地微笑着，"像你这样的男孩子，这样优秀，这样有个性，这样无拘无束的……起码会有一打女孩子喜欢你。如果你现在还有别的女朋友，我也不会过问，只要你心里有个我，就好了！只要你常来看我，就好了。只要你偶尔想起我，就好了。哪怕我只占十二分之一，我也——心满意足了。"

噢！这才是他找寻的女孩子啊！不瞎吃醋，不要个性，不闹脾气，不小心眼，不追问过去未来……他又一把紧抱住了她，情不自禁地，在她耳边说：

"没有其他女孩子，没有另外十一个，你就是全部了！"他不知不觉地否决了初蕾，甚至心底并无愧疚。

她在他怀中惊颤，喜悦遍布在她的眼底眉梢，使他的热情又在胸中燃烧起来，他再度俯下头去，再度捕捉了她的嘴唇。

小脆饼烤熟了，慕裳端着一盘香喷喷的脆饼走进客厅，一看眼前的景象，她就猛吃了一惊，慌忙又退回厨房去，望着那烤箱默默地发呆。终于发生了！她想。终于来临了。她想。一时间，不知道是喜是愁，是欢乐还是惆怅，是兴奋还是担忧……或者，从此以后，雨婷该和那缠绕了她十几年的病魔告别了！但是，恋爱是一剂多么危险的药呀！它会不会再带来其他的副作用呢！会不会再变成另一种疾病的病源呢？她心中忐忑不安，忽忧忽喜，因为，只有她明白，雨婷自幼在感情上，是多么脆弱，多么自私的！

就在慕裳躲在厨房里思前想后的时候，有人用钥匙打开了大门，走进了客厅。听到大门开合的声音，慕裳陡地一跳，寒山来了！在她的客人中，只有夏寒山一个人有大门钥匙，也只有他会不经过通报而进门。她赶快端着那盘点心，跑进了客厅。

客厅里，那对小情侣正仓促地分开，而夏寒山呢？夏寒山站在那儿，被眼前所看到的景象完全惊呆了。他几乎不能相信自己的眼睛，他瞪视着雨婷，又回头瞪视着致中。同时，致中似乎也同样震惊，他傻傻地看着寒山，傻傻地微张着嘴，一句话也说不出来。

"噢，夏伯伯！"先清醒过来的还是雨婷，她早已对夏寒山改变了称呼，从"夏大夫"而改口为"夏伯伯"了。她红着脸，不胜羞涩地说："我给您介绍，这位是梁致中，他是……"

"不要介绍了！"夏寒山终于醒悟过来，他对雨婷挥了挥手，眼光仍然紧盯着致中，现在，这眼光已经变得相当严厉了，"我认识他，认识他好多年了。"

"哦，"雨婷应着，微笑了起来，"是的，他是小方医生的朋友，您当然可能认识他！"她转头看致中，笑得更甜了，"致中，我没告诉过你，小方医生还是夏伯伯介绍给我的呢！最初，夏伯伯是我的医生！"

致中似乎没听见雨婷的话，即使听见，他也没有很清楚地弄明白这之中的关系。他只是被寒山给震慑住了，给这突然的意外事件而惊呆了。他怎么也没有想到夏寒山会在这个家庭中冒出来，却偏偏撞见他和雨婷的亲热镜头。现在，在寒山那冷冷的、近乎责备的眼光下，他有些瑟缩了，不安了。他觉得尴尬而无以自处，觉得很难向夏寒山这种"老古板"

来解释自己，而且，他也不想解释，他就呆站在那儿，对着夏寒山发愣。

慕裳看看寒山，又看看致中，立刻敏感地体会到，他们间一定有某种渊源，她很快地走过来，把一盘香喷喷的点心放在桌上，就仰着头，用充满了欢愉和喜悦的声音，高声地叫着：

"寒山，雨婷，致中，都快来吃点东西！我刚烤好的，你们尝尝我的手艺如何？"

致中甩了一下头，清醒过来了。脑子里第一个闪过的念头就是：管它呢！反正和初蕾已经吹了，反正也已经给他撞见了！反正他又没和初蕾订过婚！反正他也不欠夏家什么！这样一想，他心里的尴尬消除了，不安的情绪也从窗口飞走。他耸了耸肩，又变得满不在乎而神采飞扬了。他往前走了一步，对夏寒山干脆大大方方地点了点头：

"夏伯伯，"他招呼着，"没想到您也认识雨婷……"他注意到他手中的钥匙了，"原来，您和杜阿姨是老朋友！"他说，下意识地看了杜慕裳一眼，脑中有些迷糊。

寒山蓦然一惊，这时才想起自己出现得太随便，太自然，就像个男主人回到自己家里一般，看样子，这份秘密很难保住了。他心里顿时掠过几百种念头。这下，轮到他不安，轮到他尴尬了。他收起了手中的钥匙，再深深地看了致中一眼。

"致中，"他隐忍了心里所有的不满和不安，声音几乎是平静的，"你认识雨婷多久了？"

致中掉头去看雨婷。

"喂，"他问雨婷，"我认识你多久了？"

"那天是十月二十日，"雨婷面颊上的红潮未褪，声音轻柔如醉，"今天是十二月二日。"

"哦，"寒山的眼睛转了转，暗中在核算着日期，"才一个多月。"他坐进沙发里，从慕裳手中接过了一杯热茶。他的声音低沉而萧索，"现在的年轻人，什么都快，开始得快，结束得快，变化得也快。"

致中有些烦躁，他不想继续这个话题，夏寒山在场使他有压迫感，他那略带讽刺的语气使他难堪。他想逃开这个局面，想逃出这个客厅，于是，他转向了雨婷：

"雨婷，我们去看电影，好吗？现在刚好可以赶九点钟的一场。"

"好呀，"雨婷应着，一面掉头去看母亲，"我可以去吗，妈？"

"要多穿件衣服，别淋了雨！"慕裳叮嘱着。

"好的！"雨婷兴奋地说，看了致中一眼，"我们去看什么电影？"

"有部《恶魔谷》听说很不错。"

雨婷打了个寒噤。

"恐怖片吗？"她问。

"恐怖片！"

慕裳抬起头来。"别带她看恐怖片，她的心脏不好！"

致中惊愕地看着雨婷：

"你有心脏病吗？"他问。

"谁说的？"雨婷挺了挺背脊，对他勇敢地微笑，"如果你喜欢《恶魔谷》，我们就去看《恶魔谷》，我很少看恐怖片，一定很刺激，是不是？如果我在电影院里叫起来，你别怪我！而且……而且……"她吞吞吐吐地说，"我可能会躲到你怀里去！"

那才够味呢！致中想，他笑了起来，用手揽住了雨婷的肩，他说："咱们走吧！"

"别弄得三更半夜回来！"慕裳喊。

"妈，"雨婷在房门口翩然回顾，"有夏伯伯陪你，我还是三更半夜回来比较好！"她调皮地一笑，走了。

慕裳好半天才回过神来，她看着寒山，怔怔地说：

"你瞧，她说变就变了！都是因为这个梁致中，他把雨婷变成了另一个人。你对了！寒山。所有的病源都被你说中了，她只是心理上的问题，自从这个梁致中闯进来以后，她也不晕倒，也不头痛，也不肚子痛了。而且，你看到了吗？她居然会说笑话，居然又唱歌又……"她忽然停住了，呆呆地看着夏寒山，后者正用手支住额，眉头紧蹙，满脸的凝重与不安。她吓住了，扑伏在他脚前，她半跪在沙发前面，握住了他的手，柔声问：

"怎么了？有什么不对劲？"

寒山伸手摸着她的头发。

"你知道这个梁致中是谁吗？"他哑声问。

"是……小方的朋友，在一家电机工厂做事。怎么，有什么不对头？"她变色了，"他是坏人吗？是太保吗？是不正派的吗？是……"

"不不！"寒山说，"不是。"

"那么，有什么不对？"

"什么不对吗？"寒山沉吟片刻，终于沉痛地说了出来，"我一直以为，他可能是我的女婿。现在，我才明白，初蕾为什么会变得那么憔悴和消瘦了。"他望着慕裳，她正睁大了眼睛，惊愕万状地瞪着他，"世界上的事情真奇怪。"他继续说，"使梁致中变心的，居然是雨婷！"他摇了摇头，不胜愤慨，"慕裳，我要和这个年轻人好好谈谈，这件事不能这样发展……"

慕裳立即用手死命揪住了寒山的衣袖，她哀恳地仰起了脸，急促地说：

"不行！寒山！你不要去责备他，不要去问他，不要去追究！你让他们去吧！你没看到，雨婷已经快乐得像个小仙子了吗？你不要破坏他们吧！求你别破坏他们！雨婷需要朋友，需要爱情，这是你说的，现在，她好不容易有了，你就给她吧！"

"你有没有想过初蕾？"寒山问，盯着慕裳，"慕裳，你是个很自私的母亲！"

"是的！"慕裳悲鸣着，"天下的父母亲都是自私的！如果你破坏了他们，你也是个自私的父亲！"

他惊悸了一下，闭紧了嘴唇，默然不语了。

她悄眼看他，低垂了头，她呻吟般地低语：

"你放他们一马，我会补偿你！孩子们的事，原来就没准，致中洒脱不羁，或者不是任何一个女人可以拴住的男人，即使没有雨婷的插入，他也可能变心！你就——原谅他吧！别去追究吧！”

他再度一震，若有所悟地瞪着她。

“是的，”他幽幽地说，“我如何去责备孩子的变心？连大人都是不稳定的！我又有什么理由去责备他？”他伸手把她拉进怀里，“你为什么瘦了？”他忽然问。

“因为……”她眼里有了层薄薄的雾气，“你有一个月没来了，我以为——你不会再来了！”

“胡说！”他轻叱着，“我不是常常打电话给你吗？我不是告诉你我在忙吗？”他仔细看她，“你还有没有事在隐瞒我？”他问。

“有……一件小事。”她吞吞吐吐地说。

“什么小事？”

她的头俯得更低了，半晌，才轻语着：

“我——怀孕了。”

“什么？”他惊跳了起来，“你说什么？”

她抬起头来了，她的眼睛定定地看着他。

“我有了你的孩子。”她一个字一个字地说，“在雨婷已经十八岁的时候，我又有了孩子。”

他震惊地瞪着她，好半天没弄清楚她话中的含义，一个孩子，一个孩子！一个孩子？然后，他的意识就陡地清醒了。立即觉得心中充满了某种难解的、悲喜交集的情绪。好半天，他沉默着没说话。然后，理智在他的头脑里敲着钟，当当地敲着，敲醒了他！他抽了一口冷气，艰涩地吐出一句话来：

"我会带你去解决它。"他说，不知怎的，说出这话使他内心绞痛，"我有个好朋友，是妇产科的医生。"

她定定地看着他。

"你敢？"她说，"我好不容易有了他，你敢让我失去他？自从你告诉我那个故事，关于给初蕾取名字的故事以后，我就在等待他了！我说了我会补偿你，你失去一个女婿，我给你一个——夏再雷。"

夏再雷？夏再雷？他生命的再一次延续！他几乎已经看到那胖胖的小婴儿，在对他咿咿呀呀地微笑，他几乎已触摸到那胖胖的小手，闻到那婴儿的馨香……他忽然眼眶湿润。

"慕裳，你知道你在做什么吗？"他问，"你会被人嘲笑，你会失去工作，你会丧失别人的尊敬……而且，你已经不年轻，四十岁生第二胎会很苦……"

"我知道，我都知道！"她飞快地说，"我要我的——夏再雷，不管你要不要！"

他把她拥进了怀里，紧抱着她，把她的头压在胸前，他的心脏怦怦跳动，他的眼眶里全是泪水。他要那孩子！他要那孩子！他也知道她明白他要那孩子！他抱紧了慕裳——不只慕裳，还有他的夏再雷！

第十三章

是入冬以来的第一个晴天，难得一见的太阳，把湿漉漉的台北市晒干了。

初蕾和致秀漫步在校园里。最近，由于感情的纠纷，和错综复杂的心理因素，初蕾和致秀，几乎完全不见面了。即使偶尔碰到，初蕾也总是匆匆打个招呼，就急急地避开了。以往的亲昵笑闹还如在眼前，曾几何时，一对最知心的朋友，竟成陌路。

这天是期终考，致秀算准了初蕾考完的时间，在教室门口捉住了她。不由分说地，她就拉着初蕾到了校园里，重新走在那杜鹃花丛中，走在那红豆树下，走在那已落叶的石榴树前，两人都有许多感慨，都有一肚子的话，却都无从说起。

致秀看着那石榴树，现在，已结过了果，又在换新的叶子了，她呆怔怔地看着，就想起那个下午，她要安排大哥和初蕾的会面，却给了二哥机会，把初蕾带走了。她想着，不自禁地就叹了口长气。

初蕾也在看那石榴树，她在祷念那和石榴花同时消失的女孩。那充满欢乐、无忧无虑的女孩。于是，她也叹了口长气。

两个人都同时叹出气来，两人就不由自主地对望一眼，然后，友谊又在两人的眼底生起。然后，一层淡淡的微笑就都在两人唇边漾开。然后，致秀就一把握住了初蕾的手臂，热烈地叫了起来：

"初蕾，我从没得罪过你，我们和好吧！你别再躲着我，也别冷冰冰的，我们和好吧！自从你退出我们这个小圈子，我就变得好寂寞了。"

"你有了小方，还会寂寞？"初蕾调侃地问。

"你知道小方有多忙？马上就升正式医师，他每天都在医院里弄到三更半夜，每次来见我的时候，还是浑身的酒精药棉味！"

初蕾凝视着她，心里在想着母亲，母亲和她的牙牌。

"致秀，我给你一句忠告，当医生的太太会很苦。我爸算是世界上最好的男人了，他爱我妈，忠于我妈，但是，病人仍然占去他最大部分的时间！"

致秀愕然地望着初蕾，原来她还不知道！不知道夏寒山在水源路有个情妇？不知道那情妇已经大腹便便？是的，她当然不知道，致中和雨婷的交往，她也无从知道！她怎会晓得杜慕裳的存在！夏寒山一定瞒得密不透风，丈夫有外遇，太太和儿女永远最后知道。致秀咽了一口口水，把眼光调向身边的杜鹃，心里模糊地想着致中对她说过的话：

"你知道雨婷的妈妈是谁？她就是夏伯伯的情妇！"

"你怎么知道！少胡说！"她叱骂着致中。

"不信？不信你去问小方！不只是夏伯伯的好情妇，她还要给他生儿育女呢！"

小方证实了这件事。

她现在听着初蕾谈她爸爸，用崇拜的语气谈她爸爸，她忽然感到，初蕾生活在一个完全虚伪的世界里，而自己还懵然无知，于是，她就轻吁了口气。

"怎么，担心了？"初蕾问，以为致秀是因她的警告而叹息。她伸手拍拍致秀的肩，"不过，别烦恼，忙也有忙的好处，可以免得他走私啊！"

致秀紧蹙一下眉头，顺手摘下一片杜鹃花叶，她掩饰地把杜鹃花叶送到唇边去轻嗅着，忽然大发现似的说：

"嗨，有花苞了！"

"是该有花苞了呀！"初蕾说，"你不记得，每年都是放寒假的时候，杜鹃就开了。台湾的杜鹃花，开得特别早！"

"哦。"致秀望着初蕾，若有所思。她的心神在飘荡着，今天捉初蕾，原有一项特别用意，上次是石榴花初开，这次是杜鹃花初开……到底面前这朵"初蕾"啊，会"花落谁家"呢？

"你今天是怎么了？"初蕾推了她一把，"你眼巴巴地拖我到这儿来，是为了谈杜鹃花吗？你为什么东张西望，魂不守舍的？喂，"她微笑地说，"你没和小方吵架吧？如果小方欺侮你，你告诉我，我叫我爸爸整他！"

"没有，没有。"致秀慌忙说，"我和小方很好。我找你，是要告诉你一件事。"

"什么事？"

"我妈很想你，我爸也记挂你，还有——我大哥要我问候你！"

初蕾的脸孔一下子就变白了。

"你没有提你二哥，"她冷冰冰地接话，"我们不必逃避去谈他，我猜，他一定过得很快活，很充实，而且，有了——新的女朋友了吧？"

致秀的脸涨红了，她深深地盯着初蕾。

"你还——爱他？"她悄悄地问。

"我爱他？"初蕾的眼睛里冒着火，"我恨他，恨死了他，恨透了他！我想，我从没有爱过他！"

致秀侧着头打量她，似乎想看透她。

"初蕾，"她柔声说，伸手亲切地握住了初蕾的手，"我们不要谈二哥，好不好？你知道他就是这种个性，谁碰到他谁倒霉，他没有责任感，没有耐性，没有温柔体贴……他就是大哥说的，一个不折不扣的混蛋……"她深思地住了口，忽然问，"你知不知道，大哥和二哥打过两次架，大哥都打输了。"

"两次？"初蕾有点发呆。

"第一次，大哥的下巴打破了；第二次，嘴唇打裂了。他就是这样，从小没跟人打过架，不像二哥，是打架的好手。唉！"她叹口气，"大哥走了之后，我一定会非常非常想他。"

“走了之后？”初蕾猛吃了一惊，“你大哥要走到什么地方去？”

“你不知道吗？”致秀惊讶地问，“大哥没告诉过你？”

“我有——很久没见到你大哥了。”初蕾含糊地说，掩饰不住眼底的关切，“他要到哪儿去？又要上山吗？他不是已经写好了论文，马上就要升等了吗？”

“不是上山，”致秀满脸怅然之色，“他要走得很远很远，而且，三五年之内都不可能回来……他要出国了！到美国去！”

“出国？”初蕾像挨了一棍，脑子里轰然一响，心情就完全紊乱了，“他出国做什么？他是学中国文学的，国外没有他进修的机会，他去做什么？”

“去一家美国大学教中文。”致秀说，“那大学两年前就来台湾找人，大哥的教授推荐了他，可是，他不肯去，宁愿在国内当助教、讲师，慢慢往上爬。他说与其出去教外国人，不如在国内教中国人。但，今年，他忽然改变了主意，他决定应聘去当助教了。”

“可是……可是……”初蕾呆站在那儿，手扶着一棵不知名的小树，整个心思都乱得一塌糊涂，“可是，他的个性并不适合出国啊！”她喃喃地说，自己并不太明白在说些什么，“他太诗意，太谦和，太热情，太文雅……他是个典型的中国人，他……他……他到国外会吃苦，他会很寂寞，他……他……他是属于中国的，属于半古典的中国，他……他的才气呢？他那样才气纵横，出了国，他再也英雄无用武之地了。哦，”她大梦初醒似的望着致秀，急切而热烈地说，“你要劝他！致秀，你要劝他三思而后行！"

致秀眼中忽然有了雾气。她唇边浮起一丝含蓄的、深沉的微笑。然后，她轻轻挣脱了初蕾的掌握，低低地说：

"你自己跟他说，好不好？"

说完，她的身子就往后直退开去。在初蕾还没弄清楚是怎么回事以前，致文已经从那棵大红豆树后面转了出来，站在初蕾面前了。初蕾大惊失色，原来他一直躲在这儿！她猛悟到自己对他的评论都给他听到了，她反身就想跑，致文往前一跨，立即拦在她前面，他诚挚地叹了口气，急急地说：

"并不是成心要偷听你们谈话，致秀说你今天考完，要我来这儿跟你辞个行，总算大家在一起玩了这么多年。我来的时候，正好你们在谈我，我就……"

"辞行？"初蕾惊呼着，再也听不见其他的话，也没注意到致秀已经悄悄地溜了。她的眼睛睁得好大，一瞬不瞬地望着他，"难道，你的行期已经定了？"

"是的。二月初就要走，美国那方面，希望我能赶上春季班。"

"哦！"她呼出一口气来，默默地低下头去，望着脚下的落叶。突然间，就觉得落寞极了，萧索极了，苍凉极了。她不自觉地喃喃自语，"怪不得前人说，天下没有不散的筵席。这样……忽然地，大家说散就散了！"

他直挺挺地站在她面前，距离她不到一尺，他低头注视着她，眼底，那种令她心跳的光芒又在闪烁。他伸手扶住了她的肩，忽然低沉而沙哑地说了两个字：

"留我！"

"什么？"她不懂地问，心脏怦怦跳动。

"留我！"他再重复了一次，眼中的火焰燃烧得更炽烈了，"只要你说一句，要我留下来，我就不走！"

她瞪着他，微张着嘴，一语不发。半晌，他们就这样对视着。然后，她轻轻用舌尖润了润嘴唇：

"你这话是什么意思？"

他迎视着她的目光，一个字一个字地说：

"走，为你走！留，为你留！"

她立即闭上了眼睛。再张开眼睛的时候，她满眼眶全是泪水，她努力不让那泪珠掉下来，努力透过泪雾去看他，努力想维持一个冷静的笑容……但是，她全失败了，泪珠滚了下来，她看不清他，她也笑不出来。一阵寒风掠过，红豆树上撒下一大堆细碎的黄叶，落了她一头一身。她微微缩了缩脖子，似乎不胜寒瑟。她低语说：

"带我走，我不想在校园里哭。"

他没有忽略她的寒瑟，解下自己的外衣，披在她肩上，一句话也没说，他就拥着她走出了学校。

半小时以后，他们已经置身在一个温暖的咖啡馆里。雨果咖啡馆！很久很久以前，他曾在这儿听她诉说鲸鱼和沙漠的故事。现在，她缩在墙角，握着他递给她的热咖啡。她凝视着他，她的神情，比那个晚上更茫然失措。

"你知道，"她费力地，挣扎地说，"你没有义务为致中来还债！"她啜了一口咖啡，把杯子放在桌上。

他拼命地摇头。

"我不懂你为什么这样想。"他说。他的眼睛在灯光下闪亮，他伸过手去，抓住了她的手，"谢谢你刚刚在校园里说的那几句话，没有那几句话，我也不敢对你说，我以为，你心里从没有想到过我！"

她的脸绯红。

"怎么会没有想到过你？"她逃避地说，"我早就说过，你是个好哥哥！"好哥哥？又是"哥哥"？仅仅是"哥哥"？他抽了一口冷气。

"不是哥哥！"他忽然爆发了，忍无可忍了，他坚定地，有力地，冲口而出地说，"哥哥不能爱你，哥哥不能娶你！哥哥不能跟你共度一生！所以，决不是哥哥！以后，再也别说我是你的哥哥！"

她愕然抬头，定定地看着他。天哪！她的心为什么狂跳？天哪！她的头为什么昏沉？天哪！她的眼前为什么充满闪亮的光点？天哪！她的耳边为什么响起如梦的音乐？……她有好一段时间都不能呼吸，然后，她就大大地喘了口气，喃喃地说：

"你不知道你自己在说什么。你马上要出国了，离愁使你昏头昏脑……"

"胡说！"他轻叱着，眼睛更深幽了，更明亮了，"我知道我在说什么，知道我在做什么，我在做一件我早就该做的事……我在……请求你嫁给我！"

"啊！"她低呼着，慌乱而震惊，她把脸埋进了手心里。

但，他不许她逃避，他用手托住她的下巴，硬把她的脸抬了起来，他紧盯着她，追问着：

"怎样？答复我！如果我有希望，我会留在台湾，等你毕业。如果我没有希望，我马上就走！"

她不能呼吸，不能移动，不能说话……然后，她的脑子里，那思想的齿轮，就像风车似的旋转起来。他在向她求婚，他在向她求婚，他在向她求婚！可是，有什么不对，有什么不行，有什么可怕的阴影横亘在她面前，她战栗了，深深地战栗了。

"我说过，我不姓你家的姓！"她挣扎着说。

"那是你对致中说的话！"他说，眉毛蓦然紧蹙，他也在害怕了，他也看到那阴影了。他托住她下巴的手指变得冰冷，"请你不要把致中和我混为一谈！如果你心里念念不忘的，依然是致中，我决不勉强你！在你答复以前，请你想清楚……"他收回手来，燃起一支烟，他的手微微颤抖，声音却变得相当僵硬，他喷出一口浓浓的烟雾，"我并不想当致中的代替品！"

致中的代替品！这句话像利刃般刺痛了她，致中的代替品！她心中猛然冒起一股怒火。致中是什么东西？致中抛弃了她，而她还非要去选一个和致中有关的人物？现在，连他自己都说"不想当致中的代替品"，可见，他无法摆脱致中的影子！那么，致中呢？在致中心里的她又是怎样："我把她甩了！她只好嫁给我哥哥！"嫁给他？嫁给致文？然后和致中生活在同一个屋檐底下，世界上还能有比这个更荒唐的事吗？

还能有比这个更尴尬的事吗？她的背脊挺直了，她几乎已经看到致中那嘲弄的眼神，听到他那戏谑的声音：

"他妈的！除了咱们姓梁的，就没人要她！还嘴硬个什么劲？不姓我们家的姓，她能姓谁家的姓？"

她深抽一口冷气，觉得整个人都沉进了一个又深又冷的冰窖，冷得她所有的意志都冻僵了。

他在猛抽着烟，等待使他浑身紧张，使他神魂不定。通过那层烟雾，他也在仔细地、深刻地注视着她。他没有忽略她脸上任何一个细微的表情。她那越变越白的面颊，越变越冷的眼神，越变越僵硬的嘴角……这神态绞痛了他的心脏，抽痛了他的神经。她没有忘记他！甚至于，不能容许提到他呵！

"我已经想得很清楚了，"她倏地抬起头来，正视着他，"你走吧！去美国吧！我不能嫁你！"

果然！他晕眩地用手支住额，一口接一口地抽着烟，喉头紧缩而痛楚。半晌，他熄灭了烟蒂，抬起眼睛来，他望着她那冷冰冰的面庞：

"你不再多考虑几分钟？"他沙哑地问，强力地压制着自己那绝望的心情，他的声音仍然在期待中发抖，"我可以等，你不必这样快就答复我，或者明天，或者后天……等你想一想，我们再谈！"

"不用了！"她很快地说，"我已经想过了，我可以嫁给世界上任何一个人，就是不能嫁你！"

"为什么？"

"因为——"她咬牙闭了闭眼睛，"因为——因为你是致中的哥哥！"

他崩溃地靠进了沙发里，好一会儿默默无言。然后，他又掏出一支烟，燃着了打火机，他的手不听命令地颤抖着，好半天才把那支烟点着。收起了打火机，他努力地振作着自己，努力想维持自己声音的平静：

"我懂了。事实上，我早就懂了！你心里只有致中！我又做了一件很驴的事，对不对？我一生总是把事情安排得乱七八糟！说真的，我本来只想跟你辞行，只想跟你说一声再见。可是，在那红豆树后，我听到你和致秀的谈话，我以为……我以为……"他蓦然住了口，把烟蒂又扔进烟灰缸里，他低低地对自己诅咒，"说这些鬼话还有什么用！我是个不自量力的傻瓜！"他又抬起头来了，阴郁地看着她，"很好，你拒绝了我！你说得简单而干脆！你可以嫁给世界上任何一个人，只是除了我！因为我是梁致中的哥哥！我既无法把我身体中属于梁家的血液换掉，我更不能把自己变成梁致中！"他的眼睛红了，脖子直了，声音粗了，"如果我是梁致中，你就不会考虑了，对吗？如果我是梁致中，你就求之不得了，是吗？……"

她的眼睛睁得好大好大，听着他那语无伦次的、愤然的责难，她的心越来越痛，头脑越来越昏了。他在说些什么鬼话？他以为她拒绝他，是因为还爱着致中吗？他以为她是个害单思病的疯子吗？他以为她巴结着、求着要嫁给致中吗？她忽然从沙发里忽地站起来，往门外就走。

“够了！”她哑声低吼，“我要走了！”

他一伸手，抓住了她的胳膊，他没有抬头，也没有看她，他的声音低幽而固执，苍凉而沉痛：

“嫁给我！”

“什么？”她惊问，以为自己听错了。怎么又是这句话？她站住了，在他那固执的语气下，心动而神驰了。

“嫁给我，”他闷声说，“我愿意冒险！”

“冒什么险？”

“冒——致中的险！即使我是个代替品，我也认了！行了吗？”她怔了两秒钟，然后，屈辱的感觉就像浪潮一般对她卷来，悲痛、愤怒和被误解后的委屈把她给整个吞噬了。扬起手来，她几乎想给他一耳光。但是，她硬生生地压制住了自己。只是用力一扯，挣脱了他的掌握，她一甩头，有两滴泪珠洒在他手背上，她低语了一句：

“我希望你死掉！”

说完，她就踉跄着冲出了雨果，头也不回地冲到大街上去了。他仍然坐在那儿，用手指下意识地抚摸着手背上的泪珠，然后，他就颓然地把头整个埋进了掌心里。

第十四章

又是一个无眠的夜。

眼睁睁地等着黑夜过去，眼睁睁地熬过一分一秒，眼睁睁地看着黎明染白了窗子……失眠的滋味折磨着初蕾每一根神经，飞驰的思想在过去和未来中兜着圈子，似乎已经飞越了几千几万光年。怎样才能停止"思想"呢？怎样才能"关闭"感情呢？怎样才能"麻醉"意识呢？她闪动睫毛，眼睛已因为长久的无眠而胀痛，但是，却怎样都无法让它闭起来。

她下意识地瞪视着书桌，在逐渐透入窗隙的、微弱的曙光里，看到有个熟悉的、朦胧的黑影正耸立在那书桌上。那是什么？她模糊地想着，模糊地去分辨着那东西的形状：圆形的头颅，飘飞的短发，微向上扬的下颚……那是座雕像，她的雕像！致文用海滩上的树根雕塑的。那树根曾经绊了她一跤！她突然在某种震动下清醒了，突然在某种觉悟的意识下惊醒了。于是，脑海里就清清楚楚地响起了一句话，一句被埋葬在记忆底层的话：

"你有没有把'哥哥'和'朋友'的定义弄错？"

有没有弄错？有没有弄错？有没有弄错？她开始问着自己，一迭连声地问着自己。这问题本身还不重要，重要的是那问话的人，到底要表示什么？然后，另一句话又在她耳边敲响，像黎明的钟声一样敲响：

"我要把那个失去的你找回来！我要你知道，那欢笑狂放的你，是多么迷人，多么可爱！"

这句话刚刚消失，另一句又响了：

"如果你是我的女朋友，我不会让你掉一滴眼泪！"

接着，是那一吻的炽烈，一吻的缠绵，一吻的细腻，一吻的疯狂，一吻的甜蜜……她猛然从床上坐起来了，睁大眼睛。她瞪视着那雕像，就像瞪视着她自己，张着嘴，她对着那雕像喃喃自问：

"你疯了吗，夏初蕾？你是个白痴呵！"

是的，你是个白痴呵！他一次又一次地表示，一次又一次地试探，一次又一次地剖白……你全把它抛于脑后，而断定他给了你一个"安慰奖"？"安慰奖会使他夜以继日地为你雕像吗？""安慰奖会使他记得你的神韵风采吗？"然后，她又记起他昨天说的话：

"走，为你走！留，为你留！"

她的心狂跳，她的脑子昏沉。她用手猛拍着自己的额头，白痴呵！夏初蕾！疯子呵！夏初蕾！他自始至终在爱你呵！夏初蕾！为什么拒绝他？为什么拒绝他？因为他是梁致中的哥哥！你真爱梁致中吗？真爱吗？她脑子里忽然涌起一个记忆，很久以前的第一次，在那青草湖边，她曾为致中献上了她的初吻，她至今记得自己那时的情绪：没有心跳，没有晕眩，没有轻飘飘，也没有火辣辣，没有一切小说中描写的如痴如狂……她好冷静，冷静地在学习如何接吻，冷静地在猜测他吻过多少女孩子。吻完，她问的话也毫无诗意：

"你很老练啊，你第一次接吻是几岁？"

"十八岁！"

可恶！这是当时自己的感觉！因此，当他反问自己时，她那么扬扬得意地答了一句谎话：

"十四岁！"

她还记得他听到这三个字后的反应，他装得满不在乎，可是，她知道自己报复过了。

这是爱情吗？这是一场孩子的游戏呵！始终，她和致中的交往就像一场孩子的游戏！她真爱过致中吗？为什么致文的吻会使她陷入疯狂的燃烧，致中却使她在那儿冷静地分析？她坐在床上双手抱着膝，脑海里，各种回忆纷至沓来：自己有没有弄错？有没有弄错？有没有弄错？

"不是哥哥！"致文的声音，在坚定地响着，"哥哥不能爱你，哥哥不能娶你！哥哥不能跟你共度一生！所以，决不是哥哥！以后，再也别说我是你的哥哥！"

是的，不是哥哥！不是哥哥！不是哥哥！她脑子里在疯狂地叫喊着。随着这叫喊的音浪，是致文的脸，致文那令人心跳的眼光，致文那低沉热烈的声音：

"留我！"

怎么不留他？怎么不留他？怎么不留他？怎么拒绝他？白痴呵！你使他认为你心里只有致中！你一次又一次地伤害他，用致中来伤害他！白痴呵！你心里真的只有致中吗？你不过恨致中伤了你的自尊而已！是的，致中伤了你的自尊，而你，又如何去伤害致文的自尊呢？

"我可以嫁给世界上任何一个人，就是不能嫁你！因为你是致中的哥哥！"

白痴！白痴！白痴……她对自己叫了几百句白痴。你知道致中是个沙漠，你却让那海洋空在那儿，完全漠视那海浪的呼唤！白痴！你是一条鲸鱼，一条白痴鲸鱼！白痴鲸鱼就该干渴而死！

不，为什么要干渴而死？为什么要放弃那手边的幸福？为什么不投进那海洋的怀抱？她默想了几分钟，立即扑向身边的电话机。她心里有几千几万个声音，突然如同排山倒海般对她狂呼：打电话给他！打电话给他！自尊？去他的自尊！梁致文就是她的自尊，梁致文就是她的一切！自尊！再也不要去顾自尊！

她把电话线路拨到自己屋里，感谢电话局，有这种避免分机偷听的装置，她不想吵醒熟睡的父母。

压制住狂跳的心，压制住那奔放着的热情，她拨了梁家的号码。电话铃在响，一响，二响，三响……每一响都是对她的折磨，快啊，致文，接电话啊！

"喂！"终于，对方有了声音，含混不清的，带着睡意的、男性的声音，"哪一位？"

"喂！"她忽然有了怯意，这是谁？致文，还是致中？如果是致中，她要怎么说？

"喂！"对方似乎倏然清醒了，"是雨婷吗？你真早啊！你不用说话，我告诉你，十分钟以内，我来你家报到，怎样？"

她的心咚地一跳，是致中！那罪该万死的致中！她的直接反应，是想挂断电话。但是，立刻，她的脑筋清醒了。为什么要挂断它？为什么怕听致中的声音？如果现在她都不敢面对致中，以后呢？于是，她冷冷地开了口：

"我不是雨婷，"天知道，雨婷是个什么鬼，"我请致文听电话！"

"致文？"对方愣了愣，"你是——"他在狐疑。

"请让致文来听电话好吗？"她正经地说。

于是，她听到致中在扬着声音喊：

"致文！电话！"

她的心重新跳了起来，她的脸发烧，她整个胸口都热烘烘的了。然后，她终于听到了致文的声音：

"哪一位？"

"致文，"她的声音发颤了，"我是初蕾。"

"哦！"他轻呼了一声，声音疲倦而落寞，"有事吗？我先为——昨天的事道歉……"

"不要！"她急促地说，"我打电话给你，为了要说三个字，你别打断我的勇气。致文，留下来！"

　　对方突然沉默了，一点声音都没有了，连呼吸的声音都没有了。她大急，他生气了吗？他不懂她的意思吗？他没有听清楚吗？她急急地喊：

　　"致文，致文，你在吗？你在听吗？"

　　"我在听。"他的声音窒息而短促，"你是什么意思？不要开我玩笑，我昨夜一夜没有睡，现在脑筋还有一些糊涂，我好像听到你在说……"

　　"留下来！"她接话，有股热浪直冲向眼眶里。他也没睡，他也一夜没睡！"你不可以去美国，你不可以离开，我想了一整夜，你非留下来不可，为我！"

　　他再一次窒息。

　　"喂，致文？"她喊。

　　"你肯当面对我说这句话吗？"他终于问，声音里带着狂喜的震颤，"因为我不太肯相信电话，说不定是串线，说不定是接线生弄错了对象，说不定……"

　　"喂，"她几乎要哭了，原来喜悦也能让人流泪呵，"你马上来，让我当面对你说，我有许许多多话要对你说，说都说不完的话，你马上来！"

　　"好！"他说，却并没有挂断电话，"可是……可是……可是……"他结巴着。

　　"可是什么？"她问。

　　"可是，你真在电话的那一端吗？"他忽然提高声音问，"我有些……有些不舍得挂断，我怕……我去了，会发现只是一个荒谬的梦而已。"

"傻瓜！"她叫，"限你半小时以内赶来！别按门铃，不要吵醒爸爸妈妈！我会站在大门口等你！"

挂断了电话，她把脸埋在膝上，有几秒钟，她动也不动，只是让那喜悦的浪潮，像血液回流似的，在她体内周游一圈。然后，她就直跳起来，要赶快梳洗，要打扮漂亮，要穿件最好看最出色的衣服。她下了床，冲进洗手间，飞快地梳洗，镜子里，她眼眶微陷，而且，有淡淡的黑圈。该死！都是失眠的关系！但是，她那嫣红如酒的面颊，和那闪亮发光的眼睛弥补了这项缺陷。梳洗完毕，她又冲到衣柜前面，疯狂地把每件衣服都丢到床上。红的太艳，绿的太沉，黑的太素，白的太寡，灰的太老气，花的太火气，粉的太土气……最后，总算穿了件红色上衣，白呢长裤，外加一件白色绣小花的短披风。揽镜自视，也够娇艳，也够素雅，也够青春，也够帅气！

一切满意，她打开了房门，蹑手蹑足地走出去。太早了，可别吵醒爸爸妈妈，经过父母房门口时，她几乎是踮着脚尖的。但是，才走到那门口，门内就传来一声母亲的悲呼，这声音那么陌生，那么奇怪，那么充满了痛苦和挣扎，使她立即站住了。

"为什么？"母亲在说，"我已经忍了，我什么话都没说！你以为我不知道吗？水源路四百零三号四楼！你看！我知道得清清楚楚，可是，我不问你，我什么都忍了，为什么你还要离婚？"

离婚？初蕾脑子里轰然一响，完全惊呆了。父亲要和母亲离婚？可能吗？水源路四百零三号四楼，这是什么意思？她呆站在那房门口，动也不能动了。

"请你原谅我，念苹。"父亲的声音充满了苦恼，显得遥远而不真实，"你也知道，我们两人之间，冰冻三尺，非一日之寒！"

"说清楚一点！"母亲提高了声音。

"你一直像一个神，一个冰冷的神像，漂亮，高贵而不可侵犯。但是，杜慕裳是一个人，一个活生生的人，尤其，她是个完整的女人！只有在她面前，我才觉得自己也是个完整的男人！念苹，我们别讨论因果关系吧，我只能坦白说，我爱她！"

"你爱那个姓杜的女人？为了她，你宁可和我离婚？我们结婚二十二年了，你要离婚，你甚至不考虑初蕾？"

离婚？姓杜的女人？水源路？初蕾模糊地想着，顿时觉得像有无数炸弹在爆炸，炸碎了她的世界，炸碎了她的幸福！父亲变了心！她所崇拜的父亲！她心目中最完美的男人！他变了心！他有了另外一个女人！一个姓杜的女人！姓杜？杜？杜太太？不是杜太太？是她自己姓杜，她有个快死的女儿……她心里紊乱极了，紊乱、震惊而疼痛。某种悲愤的情绪，把她彻头彻尾地包围住了，那姓杜的女人，她居然敢打电话到家里来！召唤她的父亲，诱惑她的父亲！那个可恶的、姓杜的女人！她接过她的电话！

"初蕾大了，她该接受真实！"父亲的声音多冷漠！

"什么是真实？"母亲悲愤地喊，"你要我告诉她，你有个情妇？你要我告诉她，你为了那个寡妇要和我离婚？你要我告诉她，你爱上了她，因为她不高贵，不神圣，所以，是个完整的女人？换言之，因为她淫……"

"念苹！"父亲怒吼，"请注意你的风度！"

"风度？"母亲带泪的声音沉痛极了，"风度！这么些年来，我一直在维持我的风度，维持我的仪表，维持我的容貌，直到我把你维持到别人怀里去……"

"或者，你维持得太过分了！"

"这么说来，还都是我的错？"母亲吼叫了起来，"你从没告诉我，你需要一个淫荡的女人做太太……"

"念苹！"父亲暴怒地大叫，"你一定要用淫荡这两个字吗？你一定要歪曲事实吗？你不知道什么叫女性的温柔吗？慕裳没有你美丽，没有你有才气，没有你高贵！但是，她充满了女性的温柔……你知不知道，男人需要这份温柔，不只我需要，每个男人都需要！在很多时候，男人像个任性的孩子，要人去迁就，去崇拜，去依赖……我绝不是责备你，我也不是在推卸责任，我只是告诉你事实！慕裳之所以能抓住我，雨婷之所以能从初蕾手里抢走梁致中，都是同一个原因！"

雨婷？雨婷从初蕾手里抢走梁致中？雨婷？多熟悉的两个字！初蕾紧靠在墙上，觉得自己整个胃部都在翻腾，觉得五脏六腑都在搅扭。是了！雨婷！这就是刚刚致中提到的名字！原来她失去致中，是因为有个雨婷！原来有人从她手里抢走了致中！

“你是什么意思？”母亲的注意转移了方向，“雨婷是谁？和初蕾有什么关系？”

“雨婷就是杜慕裳的女儿！”父亲喊着，“让我告诉你，雨婷是个病恹恹的女孩，又瘦又小，一副发育不全的样子，才只有十八岁。她既没有初蕾漂亮，也没有初蕾活泼，而且，她还是个精神病患者，在心理上，有过分依赖的倾向。但是，她轻轻松松地就打败了初蕾，抢走了致中！她怎么做到的？因为她柔顺，因为她充满了女性的温柔……”

“啊！”母亲悲呼着，“你多残忍！是你带致中去见雨婷的吗？是吗？”

“间接说起来，是的，致中是因为我而认识雨婷……”

“夏寒山！”母亲厉声叫，“你还是不是人？你自己变心也罢了，你何苦毁掉初蕾的幸福？那母女两个是人还是妖怪，为什么一定要跟我家作对？母亲引诱了你，女儿引诱致中，她们是魔鬼投胎的吗？……”

“念苹！”

“你要我住口吗？我不会住口！你要爱她，你去爱她！我不离婚，决不离婚，死也不离婚……”

“念苹！”父亲的声音一变而为哀恳、忧伤、卑屈、低声下气，“求你！求你！我承认都是我的错，我不好，我对不起你，我也不敢求你原谅，只是，我一定要和她结婚……”

“为什么？”母亲的声音又软了，那语气是哽塞的，“她要求结婚吗？”

“她没有要求！她对我一向只有付与而没有要求！是我要

和她结婚！"

"为什么？"母亲啜泣了，"我并不管你，你可以和她来往，我不是一直在装傻吗？你为什么非和她结婚不可？你让我维持一个表面的幸福，都不行吗？你让初蕾对你维持尊敬……"

"因为——"父亲打断了母亲，"她怀了我的孩子！"

"啊！"母亲惨厉地悲啼。

初蕾再也听不下去了，再也控制不住了。母亲这声惨叫撕碎了她最后的意志，她觉得自己快发疯了，快发狂了，快崩溃了！在这一瞬间，她才知道自己一直生活在怎样虚伪的世界里！怎样恐怖的噩梦里！她一伸手，扭开了父母的房门，直冲进门，她对着床上的父亲，狂叫了出来：

"爸爸！你好，你好！你真好！你太好了！你真值得崇拜，值得依赖，值得顺从！你真是女人心目中的偶像！你不要胁迫妈妈，你不要欺侮妈妈！当你流连在别的女人怀里，妈妈只能坐在桌前玩牙牌灵数！你——"她咬牙切齿，愤然地一甩头，转身就往外跑，一面跑，一面发疯般地狂喊，"我要去找她们！我要看看她们是怎样充满女性的温柔！我要看看我们母女是败在什么人的手下！"

"初蕾！"寒山大喊，从床上跳下地来，"回来！初蕾！你听我解释！"

初蕾早已像旋风般卷下了楼梯，冲出客厅，穿过花园，她把大门打开，一头就撞在一个人身上，那人正像根电杆木一般挺立在门口。

"初蕾！"致文伸手抓住了她，立即，他变色了，"怎么了，初蕾？你有没有打电话叫我来？"他困惑地问，"你为什么脸色白得像纸？你怎么浑身发抖？你……你……你怎么了，初蕾？"

初蕾一把握住了他的胳膊，她的眼睛直直地盯着他：

"你也帮忙在隐瞒我吗？"她昏乱地问，"你也知道雨婷是谁吗？"

"雨婷？"致文的困惑更深了，"你是说——小方医生的雨婷？致中的雨婷？杜家的雨婷？"

"哦！"初蕾大喊，"原来你也知道！原来雨婷还是小方医生的？"她更昏乱了，"你为什么来找我？"她迷糊地问，"你为什么不也去找雨婷？难道你不知道，雨婷才有女性的温柔，而我一无所有吗？"

"初蕾！"致文惊愕地瞪大了眼睛，"你在说些什么？你打电话叫我来，是为了谈雨婷吗？"

她用发热的手握紧了他，用另一只手挥手叫住一辆计程车。

"你陪我去找她们！"她口齿不清地说，"你陪我去见识见识什么叫女性的温柔！"

车门开了，她把他拉上了车子。他是完全弄糊涂了，清晨接电话时的欣喜，化作了一片惊愕与茫然。他诧异地、担心地、迷惘地说："你到底要到哪儿去？"

"水源路四百零三号四楼！"她答得像背书般流利。

车子绝尘而去。

第十五章

　　当初蕾飞驰在水源路的河堤上时，雨婷正和致中在客厅里吃早餐，慕裳则穿着件晨褛，跑出跑进地给他们送牛奶，送烤面包，送果酱，送牛油……雨婷细心地把每块烤面包都切得小小的，再涂上牛油，再抹上果酱，再加上一片火腿，致中不爱吃火腿，她就细声细气地在他耳边哄着他：

　　"好人，你一定要吃，每天上班那么忙，要注意营养呵！好人，就算为我吃好吧！"

　　于是，致中再不爱吃，也就乖乖地吃下去了，一面吃，一面叽里咕噜着：

　　"我妈今天跟我提抗议了！"

　　"什么抗议？"

　　"她说难得有个星期天，我一清早就往外跑，她给我做了合子，我也不吃，到底人家给我吃了什么山珍海味，弄得我对家里的菜都不感兴趣了。如果她老人家知道我在这儿被迫吃洋火腿，她不把牙齿笑掉才怪！"

雨婷笑着扑在他肩上。

"什么叫合子？"她问。

"你连合子都不懂吗？"致中大惊小怪地说，"你真是个土包子！道地的土包子！"

她腻在他身上推了推他。

"好哩！土包子就土包子，人家是南方人，不懂你们北方人吃的东西嘛，你教我，我以后也好学着去做！"

"合子吗？"致中边吃边比画，"就是两边两片饼，当中有馅，把两片饼一合，把馅夹在中间，就叫合子。"

"哦！"雨婷说，"这个容易，我也会做！"她拿起两片面包，中间放上牛油、乳酪、蛋皮、火腿，把两片面包一合，递到致中的嘴边去，"你瞧，我也为你做了个合子，快吃吧！"

"你这是什么合子！"致中叫，"你这是三明治！"

"不是，不是！"雨婷笑着摇头，"你妈做的是中国合子，我做的是外国合子！"她娇滴滴地俯过头去，"好人，你要给我面子，人家做了半天，你就吃了吧！"

致中就着她的手，对那三明治咬了一口：

"你这样喂我，会把我喂成大胖子！来，你也吃一点！你要长胖些才好看！"

雨婷顺从地咬了一口，又递给他咬一口，他们就这样一人一口地吃着。她整个人，已经从他肩上腻到他怀里来了。他坐在沙发上，她就仰躺在沙发上，头枕着他的膝，不住把三明治往他嘴中送。门铃蓦然间急促地响起来，雨婷没动，仍然在喂致中吃东西，嘴里悄声说：

"是送牛奶的，妈会去拿！"

慕裳打开了门，只觉得眼前一花，一个穿着白色短披风的女孩子已经像旋风般卷进了房门。在她后面，跟着的是曾经见过一两次的梁致文。慕裳有些发愣，完全没有弄清楚是怎么回事，那女孩已经把她往前面一推，气势汹汹地站在房间正中了。

致中定睛看去，不自禁地吓了好大一跳，他推开雨婷，站起身来，愕然地说：

"初蕾！大哥，你们怎么会来这儿？"

初蕾挺立在那儿，一身的白，如玉树临风。她的脸色和她的披风几乎是同一种颜色，她目光灼灼，如同两盏在暗夜里发出强光的探照灯，对致中狠狠地看了一眼，然后，她的目光立刻调向他身边的雨婷。这时，雨婷已经被初蕾进门的架势吓住了，她不由自主地靠紧了致中，用双手抱住致中的胳膊，身子半隐在他身后，那小小的脑袋，如同受惊的小鸟，要寻求庇护似的，半藏在他的肩后，只露出一些眼角眉梢，对初蕾怯怯地窥视着。

初蕾盯着她，一瞬不瞬地盯着她，从她的头发，一直看到她那穿着蓝拖鞋的脚，雨婷今天是一身的蓝色，浅蓝的套头毛衣，宝蓝色的裙子，蓝色的拖鞋，脖子上，还随意地、装饰性地围着一条蓝格子围巾。她面容白皙而姣好，眼睛清亮而温柔……她那受惊吓的模样，确实是楚楚动人的。初蕾心中的怒火，像火山爆发般冲了出来，她恶狠狠地盯着雨婷，厉声说：

"好，好，好，你就是雨婷！你就是那个充满了女性温柔的雨婷！我总算见识到你了……"

致中一看，情况不妙，初蕾的样子完全是来找麻烦的，立即认为自己才是初蕾的目标。他本能地就往前迈了一步，挡在雨婷的面前，他微带怒声地说：

"初蕾，你要干什么，如果你要找我麻烦，我们最好别闹到别人家里来！我可以和你出去谈……"

"我为什么要和你出去谈？"初蕾挑高了眉毛，往前迈了一步，大声地叫着，"你给我滚开！我今天不是来找你！我来找雨婷。雨婷！你躲在后面装什么委屈样？你出来，让我看看你！看看你浑身有多少女性细胞……"

慕裳从惊愕中突然醒悟过来，初蕾！这就是夏寒山的女儿呀！这也就是致中以前的女友呵！初蕾，她是带着风暴来的，她是带着火药来的……这情况糟透了！她悄眼看那已经被吓傻了的雨婷，心里顿时乱成了一团。雨婷是禁不起打击的，她旧病初愈，不要新病复生。母性的本能使她飞快地走向前去，伸手试着去拉初蕾：

"初蕾，你不要激动，让我们好好地谈谈……"

初蕾一下子就拨开了她的手，往后倒退了一步，她的注意力从雨婷身上移到慕裳身上了。她又从上到下地打量慕裳，她云发蓬松，晨妆未整，穿着件紫色的晨褛，已掩饰不住那隆起的腹部。她不再年轻，虽然眉清目朗，脸上仍有岁月的痕迹。可是，她那眉目之间，却另有一股说不出的风韵，或者，这就是母亲所没有的吧！母亲华贵高雅，绝不是这种风韵犹存的、卖弄娇媚的女人！她挺直了背脊，直视着慕裳，吼叫着说：

"别碰我！你是什么人？也能叫我的名字！"

"我……我姓杜，"慕裳慌乱地说，"我，我……我是雨婷的母亲……"

"你是雨婷的母亲！"初蕾双手握紧了拳，激动地大嚷大叫，"你为什么不说，你是我爸爸的情妇？你为什么不说，你是勾引有妇之夫的风流寡妇！你为什么不说，你用一个莫名其妙的孩子来胁迫我父亲娶你……"

"啊！"慕裳惊呼着，踉跄后退，脸色立即大变，扶着沙发，她的身子摇摇欲坠。"不不不！"她悲切地低语，"不是这样，不是这样……"

"初蕾！"致中暴怒地叫了起来，"你是泼妇吗？你是疯子吗？你怎么这样胡言乱语？没有风度！"

"我是泼妇！我是疯子！"初蕾气得浑身发抖，眼睛涨得血红，"我胡言乱语，我没有风度！这世界就是这样荒谬，别人可以做最下流的事，却不允许说破！梁致中，你有风度，你朝三暮四，见异思迁！雨婷！你尽管抓牢他，我打赌你维持不到三天，三天后，他会移情别恋……"

"初蕾！"致中阻止地大喊，"你少在这儿挑拨离间！你别因为我把你甩了，你就到这里来发疯……"

"梁致中！"初蕾大怒，气得完全失去了理智，她愤然大吼，"你把我甩了！是吗？你把我甩了……"她越说越气，气得说不出话来，只是浑身簌簌发抖，"你……你……你这个无情无义的混蛋！你……"

一直在旁边傻傻旁观的致文，这时已忍无可忍，他冲上前去，握住初蕾的手臂，急急地说：

"咱们走吧！初蕾，你何苦要到这儿来找气受！你就少说两句吧！难道你不明白，你无论说什么，都无法改变已造成的事实！走吧！咱们走吧！别理他们！"他拉住她，试着把她往门外拖，"你想想，你这样大吵大闹，对你自己，有什么好处？只让别人觉得你没风度！"

初蕾挣开了致文，站在那儿，她的眼光落在致文的脸上了。她昏乱地，悲愤地，头脑不清地问：

"你也认为我没有风度，是不是？你也认为我是个泼妇，是不是？你也后悔追求我了，是不是？你也发现我没有女性的温柔了，是不是？你后悔了？你后悔还来得及，我并没有抓住你，我也没有诱惑你，你尽管离开我！到你的美国去！到你的地狱去！离开我！离我远远的！别来麻烦我！你们姓梁的，全是一丘之貉！"

"初蕾！"致文跺脚，脸发白了，"你把是非弄清楚，别这样缠夹不清吧！"

"她本就是个缠夹不清的疯丫头！"致中怒冲冲地说，"大哥，你还不把她拉出去！"

"谁敢碰我！"初蕾大吼，眼睛直了，脖子粗了，声音变了。她瞪视着致中，以及躲在致中身后的雨婷，"我是疯丫头？梁致中，你弄清楚，躲在你后面的那个小老鼠才是疯丫头！心理病态的疯丫头！你去问爸爸去！去问小方医生去！这个雨婷害的是什么病？精神病！她才是个疯子！她心理变态！她有精神分裂症……"

"妈妈呀！"雨婷发出一声尖锐的狂呼，身子往后就倒，致中一反手抱住了她。同时，慕裳也扑了过去，大叫着说：

"把她放平！给我一个枕头，赶快！冷毛巾，谁帮忙，给我去拿条冷毛巾！"

"她怎样了？"致文本能地伸长脖子，"什么地方有冷毛巾？"

"浴室！在后面浴室！"

致文奔进浴室去拿冷毛巾，一时间，房子里人仰马翻。致中拿着本书，拼命瞅着雨婷，慕裳翻开了雨婷的衣领，把头凑在她胸口去听她的心跳。致文拿了冷毛巾来了，热心地递给慕裳，大家都围在雨婷身边。雨婷平躺在地毯上，双目紧合，脸色惨白，似乎已了无生气。

致中抬起头来了，眼睛里像要喷出火来，他怒视着初蕾，大叫着说：

"看你做的好事！看你做的好事！如果她损伤了一根毫毛，我会要你的命！"

初蕾看着满屋子的人都为雨婷奔走，包括致文在内，她心如刀割，头脑早已昏昏然，神志早已茫茫然，只觉得心里的怨气及怒气，像海啸似的在她体内喧扰翻腾，汹涌澎湃。致中的吼叫更加刺激了她，她昂起下巴，大声地、激烈地、不假思索地叫了回去：

"哈！晕倒了！她真娇弱呵，动不动就会晕倒！这就是女性的温柔吧！晕倒啊！她真晕倒了吗？你们为什么不拿根针刺刺她，看看是不是真晕倒了？装病装痛装晕倒，这是十八世纪的方式……"

地上动也不动的雨婷，忽然直挺挺地坐了起来，睁开眼睛。她看着初蕾，然后，她悲呼了一句：

"妈妈呀！"

就又倒回去了。

慕裳望着初蕾，她满眼眶都是泪水，她求饶地、祈谅地、哀恳地、悲伤地望着她，痛苦地挣扎地说出一句话来：

"初蕾，你发发慈悲吧！"

"发发慈悲？"初蕾怪叫，"老虎吃了人，叫啃剩的骨头发慈悲？你勾引了我的父亲，拆散了我的家庭，毁灭了我的幸福，撕碎了我的快乐……而你，居然叫我发发慈悲？天下有这种道理？世上有这种怪事……"

"初蕾，住口！"

忽然间，门口发出一声低沉的、权威性的、有力的大吼，大家都抬起头来，是夏寒山！他正拦门而立，沉痛地注视着初蕾。慕裳一见到寒山，如同来了救星，她悲喜交集，情不自禁地就站起身来，奔到他身边，满面泪痕，她呜咽着，啜泣着喊：

"寒山！"

喊完，她就忘形地扑向了他，寒山看她泪痕满脸，心已经痛了，他伸出手去，本能地把她揽进了怀里。初蕾转过身子，定定地望着这一幕。她呼吸急促，她的胸部在剧烈地起伏，她深抽口气，尖锐地说：

"好啊！爸爸！你总算赶来了！赶来保护你的情妇？你以为我会吃掉她吗？好啊！真亲热啊！原来这就叫女性的温柔！我真该学习，眼泪啊，晕倒啊……爸爸，养不教，父之过！你从没有教过我，怎么样去勾引男人……"

"初蕾！"寒山怒喊，"你在说些什么？你怎么一点规矩都没有？你简直像个没教养的……"

"没教养？"初蕾一步一步地走近了她父亲，她的眼睛发直，眼光凌厉，"我没教养吗？爸爸！你有没有弄错？我的毛病是出在教养太好了！你一直教我做个淑女，因此，我保不住我的男朋友！爸爸，你该教我怎样做个荡妇，免得我在结婚二十二年之后，失去我的丈夫……"

"初蕾！住口！"寒山放开慕裳，双手捉住了初蕾的胳膊，给了她一阵没头没脑的摇撼，"住口！你这个莫名其妙的混蛋！"

"我是混蛋！爸爸，你骂的？"初蕾睁大了眼睛，泪水终于涌进了她的眼眶，她定定地看着父亲，又掉头去看那站在一边的慕裳，"没关系，爸爸，这个女人会给你生一个清蛋！只希望你不要戴绿帽子，能对你献身的女人，也可能对别的男人献身……"

"住口！住口！住口！"寒山疯狂地摇着初蕾，初蕾被摇得头发散了，披风歪了，牙齿和牙齿打战了，她挣扎着，仍然不肯停口，她厉声地大叫：

"爸爸！你是伪君子！伪君子！伪君子……"

啪的一声，寒山对着初蕾的面颊，狠狠地抽去一耳光。初蕾踉跄着后退了好几步。寒山追过去，又给了她一耳光。当他再扬起手来的时候，致文大叫了一声：

"夏伯伯！"

同时，慕裳也飞快地扑了过去，死命地抱住夏寒山的手臂，哭泣着喊：

"寒山！你不要发疯！怎么能因为我们的错误，而去打孩子？是我不好，是我不对，是我做错了！我以为对你单纯的奉献，不会伤害别人，我不知道，即使是奉献，也会伤害别人！我错了！我错了！我错了！"

寒山闭上眼睛，一把抱住了慕裳，眼眶里也盈满了泪水。初蕾低俯着头站在那儿，她的头发遮住了面颊，她缓缓地抬起头来，嘴角边，有一丝血迹正慢慢地流出来，她用手背擦擦嘴角，看看手背上的血迹，她再抬头看着那紧拥在一块的寒山和慕裳。然后，她又微侧过头去，用眼角扫向致中和雨婷。不知何时，雨婷已经醒了，或者，她从来没有晕倒过。她仍坐在原地，头倚在致中的怀里，致中紧抱着她的头，呆呆地望着他们。初蕾怔了两秒钟，室内，有种火山爆发前的沉寂。然后，初蕾用力一甩头，把头发甩向脑后，她一个字一个字地说：

"爸爸！你打我！你可以打我！你应该打得更重一点，打掉我心目中崇拜的偶像，打掉我对你的尊敬，打掉我对你的爱心！打死我！免得我再看见你们两个！打死我！免得我要面对我的父亲和他的情妇！你们——是一对奸夫……"

致文冲了过去，一把用手蒙住了初蕾的嘴，他紧紧地蒙住她的嘴。傻瓜！你不能少说两句吗？你一定要再挨上两耳光吗？初蕾用力地挣脱开致文，她转向致文，觉得窒息而昏乱，觉得全世界都在和她作对，她不信任地望着致文，喃喃地问：

"你也要对我用武力吗？你也帮着他们？"

说完，她悲呼一声，顿觉四面楚歌，此屋竟无容身之地！她转过身子，像箭一般地射向门口，直冲出去。致文大急，他狂喊着说：

"初蕾！你不要误会，我拉你，是怕你吃亏！初蕾！初蕾！你别跑，初蕾……"

初蕾已经像旋风般卷出了大门，直冲下四层楼，她跑得那么急，几乎是连滚带爬地摔下了四层楼。致文紧追在后面，不住口地喊着：

"初蕾！你等我！初蕾！你听我解释！"

屋里，寒山忽然惊醒过来，一阵尖锐的痛楚就像鞭子似的抽在他心脏上。他打了她！打了他唯一的一个女儿！从小当珍珠宝贝般宠着的女儿！他最最心爱的女儿！他打了她！他竟然打了她！他心中大痛，推开幕裳，他也转身追出了屋外。

初蕾已跑出了公寓，泪水疯狂地迸流在她的脸上，挡住了她的视线。她毫无目的地狂奔着，在四面车声喇叭声中，她沿着水源路的河堤往前奔。她没有思想，没有意识，满心中燃烧着的，只是一股炽烈的压抑之气。她奔上河堤，又奔上那座横卧在淡水河上的水泥桥。在狂怒的、悲愤的、痛楚的情绪中，只是奔跑……奔跑……跑向那不可知的未来。

"初蕾！初蕾！初蕾！"

致文狂喊着，紧追在她身后。他也失去了思想，失去了意识，唯一的目标，只是要追上她，只是要向她解释，只是要把她拥在怀里，吻去她的悲苦和惨痛。他狂追着，狂追着，狂追着……追向那不可知的未来。

初蕾奔跑在桥上，觉得自己发疯般地想逃避一些东西，逃避那屋里的耻辱，逃避人生的悲剧，逃避自己的悲愤……一低头，她看到桥下是滚滚流水，她连想都没有想，就蓦然间，对那流水飞跃而下。

"初蕾！"

致文惨呼，直冲上去，已救之不及。他眼看她那白色的身子，在流水中翻滚，再被激流卷去。他也想都没有想，就跟着她一跃而下。桥上交通大乱，人声鼎沸。夏寒山眼看着女儿飞跃下水，又看着致文飞跃下水，他觉得自己的血液全冻结了起来。他惊呼着冲过去，抓住桥栏杆，他往下望，初蕾那披着白披风的身子已被流水冲往下游，冲得老远。而致文呢？致文……

"致文！"

他惨叫，眼看着致文被冲向河岸，而那架巨大的挖石机伸长了巨灵之掌，向下冲了下去，对着致文的身子冲下去。

"致文！"

他再度号叫。

挖石机轧轧地响着，人声尖叫着，警笛狂鸣着，四面一片混乱。夏寒山呆立在那儿，在这一瞬间，他只觉得整个世界，都变成了一片空白。

第十六章

初蕾的意识在半昏迷中。

有无数的海浪在包围她，冲击她，卷涌她，淹没她，窒息她……她在挣扎，在那海浪里挣扎。不，那不是海浪，海浪不会如此滚烫，烫得像火山口里喷出来的岩浆，是的，这是岩浆，火山里喷出来的岩浆，一股又一股，一波又一波，像浪潮般在吞噬她。无数的红色的焰苗，在她眼前迸现，那滚烫的浪潮像一层熊熊大火，淹没了她，也燃烧了她，她不能呼吸，她不能喘气，她挣扎着要喊叫，岩浆就从她嘴里灌进去，烫伤了她的五脏六腑。

在那尖锐的痛楚中，在那五脏六腑的翻搅下，在那火焰般燃烧的炙热里，她意识的底层，还有一部分的思想在活动，一部分模糊不清的思想，跟着那火焰一起扑向她。火焰里，有父亲、母亲、致中、雨婷、慕裳和致文！那一张张的脸，重叠着，交替着，在火焰中扑向了她。于是，那蠢动着的思想，就在浪潮里冒了出来，挣扎着提醒她一些事情：爸爸要和妈妈离婚！那个姓杜的女人！雨婷和她女性的温柔！致文要到美国去，致文要到美国去？致文要到美国去？她转侧着头，拼命想集中自己的思想，集中自己的意志。然后，她就在各方面纷至沓来的思潮里，抓住了一个最重要的目标。不，致文，你别走！不，致文，我有好多话好多话要告诉你！不，致文，我没有骂你！不，致文，你要听我说，听我说，听我说……可是，致文的脸怎么那样模糊，怎么那样遥远，他在后退，他在离开她，他在涣散，他在消失……她恐惧地伸出手去，发出一声惊天动地般的狂喊：

"致文！"

这一喊，她似乎有些清醒了，她依稀发现自己躺在一张床上。床？怎么会在床上？她不清楚，她也不想弄清楚。有只温柔的、凉凉的手抓住了她在虚空中摸索的手。同时，有只冰袋压在她的额上，带来片刻的清凉。她转侧着头，喃喃地，口齿不清地呓语着：

"致文……你过来，致文，我……我……我要对你说，致文，你不要走！致文，你陪我找爸爸去！我爸爸，我爸爸……"

她挣扎着，所有的意识，又像乱麻一般纠缠在一起，她扯不出头绪。而那火焰又开始烧灼她，烧灼她，烧灼她，烧得她每一根神经都炙痛起来。"我爸爸呢？致文，我爸爸在哪里？他……他是最好的爸爸，我……我要找他去！致文，我们找他去，找他去……"她忽然睁开眼睛，茫然回视，"爸爸！爸爸！"

"初蕾，我在这儿！"她似乎听到有个声音在耳边说，那熟悉的，父亲的声音！然后，有只手在抚摸自己，自己的额，自己的面颊，为什么父亲的声音哽塞而战栗：

"初蕾，原谅我！初蕾，原谅我！"

父亲的声音又远去了，飘散了，火焰继续在淹没她，继续在吞噬她。她挣扎又挣扎，却挣扎不出那熊熊的大火，那岩浆从头顶对她扑过来，她哭喊着，求救着：

"不要烧我！不要淹我！不要！不要！哦，让那火焰熄灭吧！啊，不要烧我，不要，不要……"

有只手抓住了自己的胳膊，有人在给她注射。模糊中，她似乎听到母亲在哭泣，哭泣着问：

"她……会死吗？"

"我不会……让她死。"是父亲的声音。

死？为什么在谈论死亡？她不要死，她还有好多事要做，她不要死！她要找致文，致文不适合出国，要告诉致文，要留他下来！要告诉致文，要告诉致文，要告诉致文……她的意识逐渐消失，思想逐渐涣散，听觉逐渐模糊。沉重，什么都是沉重的，沉重的头，沉重的身子，沉重的手脚，沉重的意识……她睡了。

时间不知道过去了多久，她又浑浑噩噩地醒觉过来，听到一个好遥远好遥远的声音在说：

"烧退了。夏太太，别哭了，她会好起来！"

会好起来？原来，她病了。她想。

她挣扎着睁开眼睛，眼前是一片朦胧，所有的东西都是朦胧的：台灯、墙壁、母亲的脸……母亲的脸！母亲的脸像水雾里的影子，遥远，模糊而不真实。她眨动眼帘，努力去集中视线。

"妈妈！"她叫。奇怪着，自己的声音怎么那样陌生而沙哑！"妈妈！"她再叫。

念苹一下子扑到床边来，用双手紧捧住她的脸。她啜泣地，激动地，惊喜交集地喊：

"初蕾！你醒了？你总算醒了！你认得我吗？初蕾，你看看！你认得吗？"

妈妈，你真傻，我怎么会不认得你？她看着母亲，你为什么哭了？你为什么伤心？她举起手来，想去拭掉母亲的泪痕，但是，她的手多么沉重啊，她才抬起来，就又无力地垂下去了。念苹立即握紧住她的手，一迭连声地问：

"你要什么东西？我给你拿！躺着别动！"

她凝视着母亲，模糊的视线逐渐变为清晰。妈妈，你怎么这样瘦啊？妈妈，你老了！你的头发都白了！她忽然惊跳，怎么？自己病了好几年了吗？为什么母亲都老了？她惊惶地转头张望，这是自己的卧室，书桌依然在那儿，壁纸依然是金色的小碎花，只是，在屋角，有个陌生的白衣护士正推着个医用小车，上面放满了瓶瓶罐罐……怎么？自己病了？为什么病了？她蹙紧眉头，记忆的底层，有一大段空白，她怎么都想不起来。

"妈，"她迷糊地说，"我在生病？"

"是的！"念苹急急地说，摸她的额，又摸她的手，悲喜交集，而语不成声，"你病了一段日子，现在，都好了，你马上就会好了！"

"我病了——很久了？"她神思恍惚，记忆中，自己被海水淹过，被烈火烧过，似乎已经烧炼了几千几百万年。

"是的，"念苹坐在她身边，泪水盈眶，"差不多有两个多月了。前一个月，你住在医院里，后来，我们把你搬回家来，照顾起来方便些。这位王小姐，已经整整照顾你两个月了。"

哦，只有两个月！并不是几千几百万年！她皱起眉头，极力思索，什么都想不起来。再深入地去凝想，她整个脑袋就像撕裂般地疼痛。

"我——生了什么病？"她困惑地问。

什么病？念苹瞪视着她，原来她已经记不起来，原来她都忘了！幸好她记不起来，幸好她都忘了！念苹深吸了口气，嗫嚅地回答：

"是……是……是一场严重的脑炎。"

"脑炎？"她蹙眉，"怪不得——我脑子里像烧火一样。"她忽然想起了什么，"寒假——过去了吧？"

"放心，我们已经帮你办了休学，你只差一份研究报告，以后可以再补学分。"

"哦！"她闭上眼睛，累极了，累得不想说话，累得不想思想，眼皮沉重得像铅块，只是往下坠。她含糊地、口齿不清地又问了一句，"爸爸呢？"

念苹沉默了两秒钟。

"他去医院了。是他把你救过来的，为了你，他几天几晚都没有睡……他尽了他的全力……"她忽然住口，发现她已经睡着了。初蕾这一觉睡得又香又沉，睡了不知道多久。然后，她又醒了，她的意识逐渐恢复的时候，她听到有人在她床边低低地谈话。她没有睁开眼睛，只是下意识地去捕捉那谈话的音浪：

"……她什么都不记得了。"是母亲的声音，"我告诉她，她害了脑炎。"

"她——有没有再提起致文？"是父亲的声音。那声音低沉而喑哑。

"没有。她只问起你。对别人，她一个字也没提。"

父亲默不作声。"或者我们可以瞒过去。"母亲小心翼翼地说，"她高烧了那么久，会不会失去那一部分的记忆？"

"我很怀疑。"父亲低哼着，忽然警告地说了句，"嘘！别说了，她醒了！"

初蕾眨动着睫毛，睁开眼睛来。父亲的脸正面对着自己，眼睛深深地凝视着她。怎么？爸也老了！他的眼角都是皱纹，他的面颊憔悴得像大病初愈，他的鬓边全是白发。他老了！他不再是那个风度翩翩、具有男性魅力的中年医生了。为什么？只为了她大病一场？可怜的爸爸！可怜的妈妈！

"爸爸，"她低低地叫，尝试要给父亲一个微笑，"对不起，我让你操了好多心！"

夏寒山心头蓦然一痛，眼眶就发热了，他握紧了女儿的手，一句话都说不出来。是的，她都忘了！她什么都记不得了，她昏迷时呼唤过的名字，她现在都记不得了。可能吗？上帝会如此仁慈地给她这"遗忘症"吗？他怀疑。他更深刻地注视着她。

"爸，"她疑惑地看着父亲那湿润的眼角，"我一定病得很厉害，是不是？我把你们都吓坏了？"

"初蕾，"寒山用手指抚摸她的面颊，她那消瘦得不成形的面颊。他的声音哽塞，"我们差一点失去了你。"

哦，怪不得！她的睫毛闪了闪，陷入一份深深的沉思里。记忆的深处，有那么个名字，那么个又亲切又关怀的名字！她冲口而出：

"致文呢？他为什么不来看我？"她忽然兴奋了起来，生命的泉源又充沛地流进了她的血液里，奇迹似的燃亮了她的眼睛。她急促而热烈地说，"妈，你去叫致文来，我有话要跟他说，我有好多话要跟他说！你去叫致文来！"

念苹愣住了，脸色惨白。

"致文？"她愣愣地问。

"是的，致文哪！"兴奋仍然燃烧着她，她伸手抓住了母亲的手，"你打电话去找他！别找错了，是致文，不是致中！那天早晨，我打电话叫他来，我就是有好多话好多话要对他说，后来……后来……后来……"

她的眼睛睁大了，定定地看着天花板。后来怎样了？后来怎样了？后来怎样了？那记忆的齿轮又开始在脑海里疯狂地旋转。那记忆是一架风车，每扇木板上都有个模糊的画面，那风车在旋转，不停地旋转，周而复始地旋转，那画面越转越清晰，越转越鲜明：父母的争执，姓杜的女人，雨婷和致中，水源路上的宾士，杜家客厅的一幕，父亲打了她耳光，她奔出那客厅，以至一跃下水……

"妈妈！"她狂喊，恐怖地狂喊，从床上直跳了起来，"妈妈！"

念苹一把抱住了初蕾，把她紧紧地、紧紧地拥在胸前。她知道她记起来了，但是，她记住了多少？她用手压住初蕾的头，啜泣地摇撼着她，像摇撼一个小婴儿。她吸着鼻子，含泪地说：

"别怕！别怕！都过去了。初蕾，就当它是个噩梦吧，都过去了！都过去了！只是，傻孩子，你既然想起来了，我就说，以后再有不如意的事，你怎么样都不可以寻死！千不管，万不管，你还有个妈妈呀！"

寻死？她脑中有些昏沉，寻死？她何尝要寻死？她只是怄极了，气极了，气得失去理智了，才会有那忘形的一跳。那么，记忆是真实的了，那么，记忆并没有欺骗她了，她推开母亲，倒回到枕头上。

"我真的跳了水？"她模糊地问，"是真的了？我从桥上跳下水去？不，"她转动眼珠，"我不是自杀，我是气昏头了，我不知道为什么会往水里跳！"她的眼光和夏寒山的接触了。她就定定地望着夏寒山，夏寒山也定定地望着她。一时间，屋子里是死一样的沉寂。

父女两个默默地对视着，在这对视中，初蕾已经记起了在杜家所发生的每一件事，记起了自己说的每一句话，记起了那丝丝缕缕和点点滴滴。她凝视着父亲，这个被她深爱着、崇拜着、敬仰着的男人！她凝视着他，只看见他沉痛的眼神，憔悴的面庞和鬓边的白发。

寒山迎视着女儿的目光，在她的眼睛里，他看出她已经记起了每一件事，他无从逃避这目光，无从逃避她对他的批判。他打过了她，他已经不再是她心目中的伟人，他打碎了她的幻想，甚至几乎打碎了她的生命！现在，她用这对朗朗如晨星的眸子注视他，他却无法窥探出她心中的思想。

父女两个继续对视着。

好久好久之后，初蕾轻轻地抬起手来，她用手轻触着父亲的面颊，轻触着他那长满胡髭的下巴，她终于开了口，她的声音深沉而成熟：

"爸爸！原谅我！"

寒山用牙齿紧咬住嘴唇，几乎不相信自己的耳朵。这是他想讲而讲不出口的话啊！他呆看着她。

"原谅我！"她继续说，声音成熟得像个大人，她不再是个任性的小女孩了，"我那天的表现一定坏极了，是不是？坏得不能再坏了，是不是？你们宠坏了我，使我受不了一点点挫折。对不起，爸爸，我希望我没有闯更大的祸！"她的手钩住了寒山的脖子，用力地把他拉向了自己，她哭着喊了出来，"我爱你，爸爸！"

寒山紧搂住初蕾，眼泪终于夺眶而出，在一边呆站着的念苹，也忍不住泪如雨下。一时间，屋里三个人，都流着泪，都唏嘘不已，都有恍如隔世、再度重逢的感觉。

经过这一番折腾，初蕾又累了，累极了。但是，她的神志却非常清楚。寒山抬起头来，细心地拭去她面颊上的泪痕，他仍然深深地凝视着她，低低地，柔声地，歉然地说：

"初蕾，你一直是个好孩子，一个善良而纯洁的好孩子，我抱歉——让你发现，成人的世界，往往不像想象中那么美丽。"

初蕾仰躺在那儿，眼睛一瞬不瞬。

"那要看——我们对美丽这两个字所下的定义，是不是？"她问。

寒山轻叹了一声，是的，这孩子被河水一冲，居然冲成大人了，她那"童话时期"是结束了。他不知道，对初蕾而言，这到底是幸福还是不幸？许多时候，"幸福"的定义，也和"美丽"一样，从不同的角度看，会有不同的答案。

初蕾望着父亲，她还有许多问题要问，两个多月以来，她的生命是一片空白，她不知道，这两月间到底有些什么变化？父亲还要和母亲离婚吗？那个姓杜的女人怎样了？致中和雨婷又怎样了？致文呢？致文该是最没有变化的一个人，但是，他为什么不来看她？难道，他出国去了？是了！那天在杜家，她也曾对致文大肆咆哮，她是那么会迁怒于人的！她气走了致文？又一次气走了致文？她的眼珠转动着，心脏在怦怦跳动。

"初蕾，"寒山在仔细"阅读"着她的思想，"我知道，你有几千几百个问题要问，但是，你的身体还很弱，许多事也不是三言两语能讲得清楚。你先安心养病，等过几天，你的精神恢复了，我们再详细谈，好不好？"

初蕾点了点头，鼓着勇气说：

"我什么都不问，只问一件事。"

"什么事？"寒山的心提升到喉咙口。

"致文是不是出国了？"

寒山脑子里轰然一响，最怕她问致文，她仍然是问致文。他盯着她，立即了解了一件事，她跳水之后，根本就什么都不知道了。她完全不晓得致文也跟着她跳下了水。他脑子里飞快地转着念头，就用手扶住初蕾，很快地说：

"你只许问这一个问题，我答复了你，你就要睡觉，不可以再多问了。"

"好。"初蕾应着，"可是不许骗我。"

"他没有出国。"寒山沉声说，用棉被盖好了她，从她身边站起来了，"现在，你该守信用睡觉了！"

初蕾的心在欢唱了，她长长地透出一口气来。

"那么，他是不是在生我的气？"她忍不住又问。

"说好你只能问一个问题！"

她伸手抓住了父亲的衣角。

"好，我不再问问题，只请你帮我做件事！"

"什么事？"寒山的心再度升到了喉咙口。

"你去把他找来！"

"找谁？"寒山无力地问。

"致文呀！我有话要跟他讲！"

寒山倏然间回过头来，他眼眶发热。

"你不可以再讲话，你必须休息！"他哑声说，几乎是命令性地。

初蕾变色了。她睁大了眼睛，微张着嘴，突然间崩溃了。她哭了起来，泪珠像泉水般涌出，沿着眼角，滚落到枕头上去。

"我知道，"她悲切地低喊着，"你们骗我！你们骗我！他走了！他出国了！他跟我生气了，他出国了！"她啜泣着，绝望地把头埋进枕头里，"他甚至不等我清醒过来，我有几千几万句话要对他说！"念苹再也控制不住自己，她扑过去，用手扶住初蕾的头，把她的脸转过来，她盯着初蕾，含泪嚷：

"不是！初蕾！致文没有跟你生气，他爱你爱得发疯，爱得无法跟你生气！他不能来看你，就因为他太爱你！我们谁都没有想到过，他会对你这样！"

"我不懂！妈妈！我不懂！"初蕾喊着，"如果他爱我，他为什么不来？你打电话给他，妈妈，你打电话给他！我不骄傲了，我不任性了，我也没有自尊了，我要见他！妈妈！我要见他！"

"初蕾，我告诉你……"

"念苹！"寒山警告地喊。

"寒山，"念苹转向寒山，"你告诉她吧！你把事实告诉她吧！长痛不如短痛，她总要面对真实！"

"爸爸！"初蕾面如白纸，"到底怎么了？告诉我！求你告诉我！到底发生了什么事情？他和致中又打架了？他被致中杀掉了？爸爸呀！"她用手抱着头，狂喊着，"求你告诉我吧！"

"好，"寒山下了决心，他坐在床前的椅子里，用手按住她，"我告诉你，但是你必须冷静！"

初蕾咬牙点了点头。

"记得你跳水那天吗？"寒山凝视着她。

她再点点头。

"你刚跳下去，致文也跟着跳下去了。"他说，面部的肌肉因痛苦而扭曲。

她睁大了眼睛，不信任地。

"他疯了吗？"她说，"他要救我吗？"

"可能是疯了，也可能是要救你！"寒山咬牙说，"总之，他看见你跳下去，他也跟着跳下去。那天的河水很急，你被一直冲到下游，才被营救人员捞起来，天气很冷，你捞起来的时候几乎已经没气了……"

"他呢？"她打断了父亲，眼珠黝黑得像两泓不见底的深潭，她的声音空洞，深邃而麻木，"死了，是吗？我被救活了，他——淹死了，是吗？"

"不，不是这样。"他下意识地燃起一支烟，抽了一口。当时的情景仍然触目惊心，他的声音颤抖着，"激流把他冲到了岸边，当时有一架在工作中的挖石机，那挖石机的铁手正好对他的身子挖下去……"他停住了。

初蕾的脸上毫无表情，眼睛更深更黑了。

"他是这样死的？"她问。

"他没有死，"他吐着烟，眼睛望着烟雾，声音忽然平静了，疲倦而平静，"我把他弄回医院，连夜间，我召集了外科、骨科、神经科、血液科、麻醉科……各科的医生会诊，我们尽了我们的全力，几乎一个星期，我们都没有合眼睡过，我们接好了他断掉的骨头，缝好了他的伤口，他没有死，可是……"他又停了。

"他残废了？毁了容？"

"更严重一些。他现在是一具——活尸。"

"怎么讲？什么叫活尸？"

"他不能行动，他没有思想，他没有感觉，他躺在那儿，只是活着，有呼吸，除此之外，他什么能力都没有。我们用尽各种方法，不能让他恢复意识。"

"可是——"她用舌尖舔着干燥的嘴唇，"你会治好他，是不是？"

"我不能说。初蕾，知道王晓民吗？她被车子撞倒后，已经昏迷了十几年。"

初蕾不再说话，她注视着天花板，脸上一点表情都没有，她平静得出奇。

"他还在医院里吗？"她问。

"他父母把他接回去了。我仍然每天去他家看他。"

她又不说话了，只是望着天花板发呆，她呼吸平稳，面容宁静，眼睛深不可测。

"但是，他没有死，是吗？"

"没有死——"寒山小心翼翼地，"并不表示就不会死，你要了解……"

"我了解，"她打断了父亲，"反正，我们每个人都会死！"她忽然掀开棉被，从床上滑到地毯上，扶着床，她试着要站起来。

"你干什么？"念苹惊呼着，一把扶住她。

她双腿一软，人整个往地板上栽去。寒山抱住了她，她气喘吁吁地靠在他手腕上。"我要去看他。"她说，剧烈地喘着气，"我有——好多好多话要跟他说。"

"他听不见呀！"念苹含泪嚷，"他什么都听不见呀！"

"可是，"她喘得更凶了，"我有——好多好多话要——要——跟他说！"

"你可以去跟他说！"寒山把她抱回床上，坚定地看着她，"但是，你先要让你自己好起来，让你自己有能力去看他，是不是？"她把瘦骨嶙峋的手臂伸给父亲。

"给我打针！"她喘得上气不接下气，"让我好起来！我有……有……好多话……要跟他说！"

寒山默默地望着她，站起身来，他真的去拿一管针药，注射到她的手腕里。一面揉着她的手腕，他一面眼看着她在那药力下，逐渐入睡了。她的眼皮沉重地合了下来，意识在逐渐飘散，嘴里，她仍然在喃喃地说着：

"我要去看他！我……我有……好多好多话……要跟他说！"

第十七章

在接下来的一段日子中，初蕾变得非常安静，她不再吵着闹着要去看致文。只是一心一意地接受着父亲给她的治疗，以及母亲刻意为她做的营养品。她乖得出奇，顺从得出奇，合作得出奇。要她吃她就吃，要她睡她就睡，要她打针就打针，要她吃药就吃药。连夏寒山都说，再也找不到比她更合作的病人了。念苹却深深了解，她之所以如此顺从与合作，只是希望自己能快些好起来，快些可以出门，快些去看致文。

在这一段复元期中，初蕾虽然不多问什么，但是，念苹却已经把这两个多月来的变化和发展，简单扼要地告诉初蕾了。她故意说得轻描淡写，初蕾却听得很专心。

"你知道吗？我见过杜慕裳了。"念苹一边帮初蕾调牛奶，一边说。因为初蕾已经在痊愈期中，那特别护士王小姐早就辞退了，"不是我去见她的，是她来看我，那时，你还在昏迷中。"

初蕾不语，只用关怀的眸子看着母亲。

"杜慕裳给我的印象，完全出乎我的意料之外，我原以为她是个妖媚的女人，谁知一见面，才知道她淡雅宜人而落落大方。那时，你病得很重，我也万念俱灰，我告诉她，我同意离婚，成全他们了。哪知，我话才出口，她就哭了，她说如果她曾有独占你爸爸的心，她就死无葬身之地。她请求我原谅，表示即将离去……"她试了试牛奶的温度，送到初蕾面前。初蕾半坐在床上，接过了牛奶，慢慢地啜着。念苹笑了笑。"奇怪，我当时就原谅了她。不只原谅了她，我看她大腹便便，身材臃肿，我忽然了解了一件事，当你深爱一个男人的时候，你会牺牲自己。我从没有为你父亲牺牲太多，你爸爸有一部分话是对的，我在某些方面，是把自己维持得太好了。我以我的方式来爱你爸爸，但是，这是不够的……套一句你的话，初蕾，你爸爸是一条鲸鱼。我，虽然不至于是沙漠，却也仅仅只是个小池塘而已。当鲸鱼在水塘里干渴了二十二年以后，你怎能不允许它游向海洋?"

初蕾感动地看着母亲，不自觉地伸出手去，握住了母亲的手。念苹又对她笑了笑，这笑容竟有些羞涩。

"很不可理解的一件事发生了，我不恨她，不怨她，当时，就有种奇怪的友谊，在我们之间产生了。我们谈了一会儿，无法得到结论。当晚，你爸爸回来，我告诉他，我已见过慕裳，而且同意离婚了。"

初蕾不自觉地蹙了一下眉，双手捧住了牛奶杯，仿佛要从杯子里寻求温暖似的。"你爸爸愣了，立刻，他抱住了我，一迭连声地对我喊出几千几万个'不'字！他说：二十几年的婚姻生活，既无法一刀斩断，失而复得的女儿，会成为我们永久的联系！他说他不要离婚了。我问他又如何处置慕裳，他呆了很久，只对我说了一句话：'薄命怜她甘作妾！'于是，我哭了，你爸爸也流泪了。"她停了停，凝视着初蕾，半晌，才又说下去，"或者，这个世界和法律，甚至世俗的观念，都不允许一个男人同时有两个女人，但是，仔细想想看，在这社会上，几个男人是真正只有一个女人的？我为什么该恨慕裳呢？只因为她和我有共同的鉴赏力，我们爱了同一个男人！许多观念，都是人为的。古时候，一个男人三妻四妾，往往深闺中也一团和气，我既然生来不是海洋，总应该有容忍海洋的气度。"她又停了停，对初蕾温和地微笑着，"或者，我和你父亲间的问题并没有解决，或者，还会有意外的变化，我不知道，但是，目前，我过得很心安理得，所以，希望你也能了解，能接受它。"

初蕾放下了牛奶杯，她深深地望着母亲，然后，用胳膊紧拥着念苹的脖子，她低低地说：

"妈妈，我爱你！"然后，她们之间，就不再谈起慕裳了。

有一天，初蕾淡淡地问了句：

"雨婷怎样了？"

"她吗？"念苹微笑着，"你把她治好了！"

"我把她治好了？"初蕾愕然地问。

"据说，她在你面前晕倒，你给了她一顿狠狠的痛骂，又说她有心理变态，精神分裂症什么的。她这一生，从没有人

敢正面对她说这种话，你这一骂，反而把她骂醒了。她现在
正努力在改变自己，勤练钢琴和声乐，预备暑假里去考音乐
专科学校。"

"哦！"初蕾怔了怔。"致中跟她还是很好吧?"她淡淡
地问。

"听说很好。梁家——经过这次大事，都很受影响，致中
也成熟多了，不再那么跋扈了。我想——他终于可以稳定下
来了，何况，雨婷对于他，是千依百顺、言听计从的，雨婷
是他需要的类型。"

初蕾默然片刻，低声自语了一句：

"她是他的海洋。"

"你说什么?"念苹没听清楚。

"没什么。"初蕾疲倦地躺了下来，轻叹了一声，"这下，
是各得其所了，只除了……"她又叹了口气，合上了眼睛不
再说话了。四月底，天气热了，太阳整日绚烂地照射着。初
蕾已恢复了大半，她可以下床行动，也常到花园里晒晒太阳。
当她还没有去看致文之前，致秀却先来看她了。

那是一个下午，她坐在花园里，正对着满园的春色发呆。
自从病后，初蕾就仿佛变成了另一个人，她安静，不说话，
不笑，常常独自一坐好几个小时，只是默默地沉思。致秀的
来访，给她带来了极大的意外和震动。

"致秀，致秀，"她抓着致秀的手，热烈地摇撼着，"我
以为你不要理我了，我以为你们全家都跟我生气了！我……
我……我闯了这样一个滔天大祸！"

致秀这才惊觉到，他们统统忽略了一件事，谁也没有告诉过她，梁家对于这件事的反应。原来，她除了哀伤致文的病体之外，还在自责自恨、自怨自艾中。

"初蕾，你怎么想的？"致秀拉了一张椅子，坐在初蕾身边，热情地、激动地说，"我们没有任何人怪你，爸爸说得好，一切都是命中注定！这事怎能怪你呢？又不是你拉着大哥跳河的，是他自己往下跳的！"

"还是怪我！都怪我！全怪我！"初蕾叫了起来，"致秀，你不知道，我打电话叫他来，我拉着他去杜家，我对他又吼又叫……如果我不打电话给他，如果我不拉他去杜家，如果我不神经发作去跳河……哦！"她用手抱着头，"人生最悲哀的事，就是你做一件事的时候，永远不会料到这事的后果！"

"你不要自怨自艾吧，你不要伤心吧！"致秀含泪说，"夏伯伯每天在给大哥治疗，说不定有一天，他又会清醒过来，说不定，他又会好起来！"

初蕾把头埋在膝上，她默然不语。因为，她深深明白，这"有一天"是多么渺茫，多么不可信赖的。她不用问父亲，每天，她只看父亲回家的脸色，就知道一切答案了。夏寒山从梁家回来后的脸色，是一天比一天难看，一天比一天萧索了。

"初蕾，"致秀伸手拍拍她的肩，"我今天来看你，除了叫你好好养病以外，我还给你带了两件东西来！"

"什么东西？"初蕾从膝上抬起头来。

"我们今天整理了大哥的房间……"致秀说，眼神黯淡而凄楚，声音里忽然充满了哽塞，"我在他的抽屉里，发现了两件东西，我想，你会对它有兴趣。"

她从口袋里，掏出了一张折叠着的信笺，递给初蕾，初蕾接了过来，打开那信笺，她惊愕地发现，这是一封信，一封只写了一半的信，她一看到那熟悉的飘逸的字迹，她的心就怦然而动了。她贪婪地、飞快地去阅读那内容：

初蕾：

我终于提笔写这封信给你，因为，我已经决定要离开你，离开台北，离开我生长二十七年的家庭，远到异域去了。这一去，不知道再相逢何日，因此，多少我藏在内心的话，多少我无从倾吐的话，我都决心一吐为快了。

记得第一次见你，你才读大一，头发短短的，像个小男生。你在我家客厅里，和我赌背唐诗，赌念《长恨歌》，赌背《琵琶行》，你朗朗成诵，笑语如珠，天真烂漫，而又娇艳逗人。从那一日起，我就知道我完了，知道我被捕捉了，知道命中注定，你会成为我生命的主宰！

可是，你的心里并没有我。致中爽朗热情，豪放不羁，潇洒如原野上奔驰的野马！他吸引你，你吸引他，我眼看你们一步步走向恋爱的路。我想，我生来的缺点，就在于缺乏主动，我无法和我自己的弟弟来争夺你！但是，天知道！有一段日子我痛苦得快发疯了。我躲避到山上，无法忘记你。我走到郊外，无法忘记你。我埋头在论文中，仍然无法忘记你！我吃饭，你出现在饭碗中；我喝水，你出现在茶杯里；我凭栏，你出现在月色下；我倚窗，你出现在黎明里……为你，我挨过许许多多长夜，为你，我忍受过许许多多痛苦……唉，现在写这些，不知你看了，会不会嘲笑我？或者，我不会有勇气把这封信投邮，那么你就永远看不到它了。我想，我又在做一件傻事，我实在不该写这封信，我只是要发泄，要痛痛快快地发泄一下！

记得你第一次在雨果，告诉我你是一条鲸鱼的事吗？

你不知道，当时我多么激动！我真想向你伸出手去，大喊着说：

"我就是你的海洋！为什么不投向我？"

但是，我没说。中国传统的道德观念拴住了我，我真恨自己不像致中那样富有侵略性，那样积极而善争辩。我想，我之所以不能得到你的心，也在于这项缺点。我顾虑太多，为别人想得太多，又有一份很可怜的自卑感，我总觉得我不如致中，我配不上你！多少次，我想抱住你，对你狂喊上一千万句"我爱你"，可是，最后都化为一声叹息。我就是这样懦弱的，我就是这样自卑的，我就是这样畏缩的，难怪，你不爱我！我自己都无法爱我自己！我实在不如致中！

初蕾，你的选择并没有错，错在你的个性。你有一副最洒脱的外表，却有副最脆弱而纤细的感情。致中粗枝大叶，不拘小节，你却那么易感，那么容易受伤。于是，致中一次又一次地伤害你，弄得你终日郁郁寡欢，直至以泪洗面。知道吗？初蕾，你每次流泪，我心如刀割。我真恨致中，恨他使你流泪，恨他使你伤心，恨他不懂得珍惜你这份感情……哦，初蕾，如果你是我的，我会怎样用我整个心灵来呵护你，来慰藉你。噢，如果你是我的！

我开始试探了，我开始表示了，但是，初蕾，我只是自取其辱，而对你伤害更深。相信我，我如果可以牺牲我自己的生命，来换取你的幸福，我也是在所不惜的。这话说得很傻，你一定又要嘲笑我言不由衷。算我没有说过吧！

记得在你家屋后的树林里，我曾送你一个雕像吗？记得那天，你曾问我有关"一颗红豆"的故事吗？我现在，可以告诉你那个故事了！如果你不累，你就静静地听……

这封信只写到这里为止，下面没有了。初蕾读到这儿，早已泪流满面，而泣不可抑。泪水一滴滴落在信笺上，溶化了那些字迹。她珍惜地用衣角抹去信笺上的泪痕，再把信笺紧压在自己的胸口。转过头来，她望着致秀，抽噎着问：

"为什么这封信只写了一半?"

"我不知道。"致秀坦白地说,"我猜,写到这里,他的傻劲又发了,他可能觉得自己很无聊。而且,我想,他从一开始就不准备寄出这封信的,他只是满怀心事,借此发泄而已。"

"可惜,"初蕾拭了拭眼睛喃喃地说,"我无从知道那个红豆的故事了!"

"我知道。"致秀低语。

"你知道?"她惊愕地问。

"记得去年夏天,石榴花刚开的那个下午吗?"致秀问,"我曾经说那朵石榴花就像你的名字。"

"是的,"初蕾低低地说,眉梢轻蹙,陷进某种久远以前的回忆里,"就是那个下午,致中到学校来接我,我们去了青草湖,就……"她咽住了。

"你知不知道,那天大哥也到学校来找你?"

"哦!"她惊呼着,记忆中,校门口那一幕又回来了,她坐上致中的车子,抱住他的腰,依稀看到致文正跳下一辆计程车,她以为是她眼花了……原来,他真的来过了!

"大哥在校门口,亲眼看到你和二哥坐在摩托车上去了。"致秀继续说,神情惨淡,"他一直想追你,一直在爱你,直到那天下午,他知道他绝望了。我们在校园里谈你,我想,他是绝望极了,伤心极了,但是,他表现得还蛮有风度。后来,他在校园的红豆树下,捡起了一颗红豆,当时,他握着红豆,念了几句古里古怪的话,他说那是刘大白的诗……"

"是谁把心里相思，种成红豆？待我来碾豆成尘，看还有相思没有？"初蕾喃喃地念了出来。

致秀惊讶地望着她。

"对了！就是这几句！原来你也知道这首诗！"致秀说，"我想，所谓红豆的故事，也就是指这件事而言，因为——我还有第二样东西要给你！"

她递了过去。一颗滴溜圆、鲜红欲滴的红豆！初蕾凝视着那红豆，那熟悉的红豆，那曾有一面之缘的红豆！"改天你要告诉我这个故事！"她说的，她何曾去窥探过他的内心深处？红豆！一颗红豆！红豆鲜艳如旧，人能如旧否？

致秀悄悄地再递过来一张信笺，信笺上有一首小诗：

算来一颗红豆，能有相思几斗？

欲舍又难抛，听尽雨残更漏！

只是一颗红豆，带来浓情如酒，

欲舍又难抛，愁肠怎生禁受？

为何一颗红豆，让人思前想后？

欲舍又难抛，拼却此生消瘦！

唯有一颗红豆，滴溜清圆如旧，

欲舍又难抛，此情问君知否？

她念着这首诗，念着，念着……一遍，两遍，三遍……然后，她把这首小诗折叠起来，把信笺也折叠起来，连同那颗红豆，一起放进了外衣的口袋里。她抬头看着致秀，她眼里已没有泪水，却燃烧着两小簇炽烈的火焰，她那苍白的面颊发红了，红得像在烧火，她脸上的表情古怪而奇异，有某种野性的、坚定的、不顾一切的固执。有某种炽热的、疯狂的、令人心惊的激情。她伸手握住致秀的手，她的手心也是滚烫的。

"我们走！"她简单地说，从椅子里站起身来。

"走到哪儿去？"致秀不解地。

"去找你大哥啊，"她跺了一下脚，不耐地说，"我有许多话要对他说！我还要——问他一些事情，我要问问清楚！"

"初蕾！"致秀愕然地叫，摇撼着她，想把她摇醒过来，"你糊涂了？他现在什么都不知道，听不到，看不到，感觉不到！……他完全没有知觉，怎么能够回答你的问题？难道夏伯伯没告诉你……"

"我知道！"初蕾打断了她，"我还是要问问他去！我有好多好多话要对他说！"她径直就向大门外面走，致秀急了，她一把抱住她，苦恼地，焦灼地，悲哀地大喊：

"初蕾，你醒醒吧！你别糊涂吧！他听不见，他真的听不见呀！"她后悔了，后悔拿什么信笺、红豆和小诗来。她含泪叫，"我不知道你是这样子！我不该把那些东西拿来！我真傻！我不该把那些东西拿来！"

"你该的！"初蕾清清楚楚地说，"信是写给我的，小诗为我作的，红豆为我藏的，为什么不该给我？"她又往大门外走，"我们找他去！"

"夏伯母！"致秀大叫。

念苹慌慌张张地赶来了。

"怎么了？怎么了？"她问。为了让她们这一对闺中密友谈点知心话，她一直很识趣地躲在屋里。

"夏伯母，"致秀求救地说，"她要去找我大哥！你劝她进去吧！"

初蕾抬起头来，坚定地看着母亲。

"妈，"她冷静地，清晰地，坚定地说，"你知道，我一直要去看他！我已经好了，我不发烧了，我很健康了，我可以去看他了！"

念苹注视着女儿，她眼里慢慢地充盈了泪水。点点头，她对致秀说：

"你让她去吧！她等这一天已经等了很久了！"

"可是……可是……"致秀含泪跺脚，"伯母，您怎能让她去？大哥现在的样子……她看了……她看了……她看了非伤心不可！她病得东倒西歪的，何苦去受这个罪？初蕾，你就别去吧！"

初蕾定定地看着致秀。

"他确实还活着，是吗？"她一个字一个字地问。

"是的。'仅仅'是活着。"致秀特别强调了"仅仅"两个字。

"那就行了。"她又往门外走。

致秀甩了甩头，豁出去了，她伸手抓住初蕾。

"好，我们去！"她说，"但是，初蕾，请你记住，大哥已经瘦得不成人形，以前的风度翩翩，都成过去式了。"

初蕾站住了，凝视致秀：

"他现在很丑吗？"

"是的。"

她展然而笑了。"那就不要紧了。"她说，如释重负似的。

"什么不要紧了？"致秀听不懂。

"我现在也很丑，"她低语，"我一直怕他看了不喜欢，如果他也很丑，咱们就扯平了。"

致秀呆住了，她是完全呆住了。"怕他看了不喜欢"，天哪！讲了半天，她还以为他能"看"吗？

第十八章

初蕾和致秀赶到梁家的时候，已经是黄昏了。

初蕾一路上都很兴奋，反常的兴奋，不只兴奋，她还相当激动。可是，她却什么话都不说，只是用那对特别闪亮的眼睛闪烁着去看致秀，然后又用她那发热的手，紧紧地握着致秀。她不时给致秀一个可爱的微笑，似乎在对致秀说：

"你放心，我不会再闯祸了！"

但，她这微笑，却使致秀更加担心了。她真不知道，把初蕾带回家来，到底是智还是不智？

在梁家门口，她们才跨下计程车，就和刚下班回家的致中撞了个正着。自从杜家事件以后，初蕾和梁家的人就都没见过面。致中倏然见到初蕾，就不由自主地一愣。不论怎么说，当初他和初蕾玩过好过，初蕾那日大闹杜家，终于造成难以挽回的大祸，他总是原因之一，事后，他也深引为咎。现在，突然和初蕾重逢，他就有些慌乱、惶惑，甚至手足失措起来。初蕾却径直走向了他，她微仰着头，很文静，很自然，很深沉地注视着他，低低地说了一句：

"致中，好久没见了。"

致中的不安更扩大了，他望着面前这张脸，她瘦了，瘦得整个下巴尖尖的，瘦得眼眶凹了下去，瘦得双颊如削……但，她那对闪烁着火焰的眼睛，那因兴奋而布满红晕的面颊，那浑身充斥着的某种热烈的激情，使她仍然周身焕发着光彩。她看来那么熟悉，而又那么陌生。两个多月，她似乎已经脱胎换骨。在原有的美丽以外，却又加上了几分近乎成熟的忧郁。

"初蕾，"他嗫嚅着，"听说你病得很厉害，恭喜你复元了。"他觉得自己忽然变得很笨拙，那种尴尬和不安的情绪仍然控制着他。

她难以觉察地笑了笑。

"有件事情我要拜托你。"她说。

"是的。"他应着，心里有种荒谬的感觉，他们之间的对白，好像彼此是一对疏远而礼貌的客人。

"请你代我转告雨婷……有一天，我希望能听到她弹琴唱歌。"

"哦！"他傻傻地应着，不知道该说什么好。

"好了！"初蕾蓦然间脸色一正，眉间眼底，就布满了严肃和庄重。她伸出左手，拉住致秀，又伸出右手，拉住致中，沉声地说，"我们一起去看致文去！"

"噢！"致中一愣，飞快地看了致秀一眼，"你……你要去看致文？”

“是的！”初蕾坚定地点点头，“你们跟我一起来！”她语气里，有种强大的让人无法抗拒的力量，“我有许许多多的话要跟致文说，我希望——你们也在旁边，万一他听不清楚，你们可以帮他听！”

“初蕾？”致中愕然地看看她，又转头去看致秀。致秀给了他无可奈何的一瞥。于是，他们走进了梁家。

梁太太突然看到初蕾，真不知是悲是喜，是艾是怨，是恨是怜，她只惊呼了一声：

“初蕾！”就立刻泪眼模糊了。初蕾放开致秀和致中，她走上前去，用手臂圈住梁太太的脖子，紧紧地拥抱了她一下。认识梁家已经四年，这是第一次她有这种亲昵的举动。她做得那样自然，就好像一个女儿在拥抱妈妈似的。使那秉性善良而热情的梁太太，顿时就泪如泉涌。如果她曾怨恨过初蕾给梁家带来厄运，也在这一刹那间，那轻微的怨艾之情，就烟消云散了。

“我来看致文。”初蕾简短地说，用自己的衣袖去擦拭梁太太的泪痕，她仍然不记得带手帕，“他在他自己的房里，是吗？”她转身就向致文的卧房走去。

梁太太回过神来，她很快地拦住了她。

“让我先进去整理一下。”她说。

初蕾摇摇头，轻轻推开了梁太太，她挺了挺背脊，往致文的卧室走去，到了房门口，她回头看着致中、致秀和梁太太：

"请你们一起进来，好吗？"

她神色中的那份庄严，那份宁静，那份令人不可抗拒的力量，使致秀等人都眩惑了，都糊涂了，大家都身不由己地跟在她后面，走进了致文的卧室。

初蕾推开房门的一刹那，就被那扑鼻而来的药水味、酒精味、消毒药品味呛住了。但，她并没有停滞，她径直走到致文的床边，站在床前，她定定地看着致文，一瞬不瞬地看着致文——如果那个僵躺在床上，像一副骷髅般的躯体，还算是致文的话——她静静地，动也不动地看着他。

好一会儿，她只是站在那里，然后，她更近地移向床前。致文仰躺着，面色如蜡，颧骨高耸，头发稀稀落落的，似乎已脱去大半，眼睛紧合着……整个面部，只像一具尸体，一具僵硬而无知的尸体，一具丑陋的尸体。他浑身还插满了管子，那些维持生命的必需品，就借这些管子流进他的体内。另外，还有些生命的渣滓，要借这些管子排出体外。他的双手，静静地垂在身体两边，那手臂上找不出肌肉，只是一层枯黄的皮，包着两支木柴，那手指佝偻着……使初蕾联想到老鹰的脚爪。

室内好安静，好安静，虽然有五个人，却几乎连呼吸的声音都听不到。致秀并没有看致文，她每日照顾致文，对他的情况状态已十分熟悉。她只是看着初蕾，她看不出她的思想，也看不出她的感觉。她那小小的、庄严的脸庞上，仍然是一片宁静与坚决。

"好，致文，我总算看到你了！"她忽然开了口，声音镇静而安详，甚至，还有着喜悦的味道。她再往前跨一步，为了接近致文的头，她在那床前跪了下来。她又说："看到你，我就放心了，你知道，你跟我开了一个大玩笑，我以为你已经死了。还好，你活着，只要你活着，我就要告诉你好多好多话！"

梁太太不自禁往前迈了一步，想要阻止这徒劳的诉说。致秀伸手拉住了梁太太，悄声说：

"你让她说，她已经憋得太久了。"

初蕾伸出手去，轻轻地抚摸了一下致文的面颊，就像在抚摸一个熟睡的孩子。她凝视着他，又开始说：

"致文，你实在很坏！你坏极了！我现在回忆起来，仍然不能不怪你，不能不怨你！你想想看，从我认识你和致中以来，我和致中又疯又闹，又玩又笑，我和你呢？我所有的知心话都对你说，我考坏了会来告诉你，我委屈了会来告诉你，我高兴了也会来告诉你。致文，你知道我是半个孩子，我始终没有很成熟，我分不出爱情跟友情的区别，我分不出自己是爱你还是爱致中。但是，致文，你该了解的，你该体会出，我和你，是在做心灵的沟通，我和致中，是在做儿童的游戏！但是，你那该死的士大夫观念，你那该死的道德观念，你那该死的谦让和你那该死的自卑感，你迟迟不发动攻势，竟使我倒向了致中的怀里。"

她停了停，喘口气，她又说：

"今天致中也在这儿，你母亲你妹妹都在这儿，我说的每一句话，都发自我的心灵深处，我要让他们都听见，都了解我在说什么。"她又顿了顿，"致文，或者，我不该怪你，不该责备你，不该埋怨你！原谅我，致文，我的老毛病又发了，我总是推卸责任，迁怒于人。不不，我不能怪你！要怪，都怪我自己。这些年来，你并非没有表示，但是，你太含蓄了，你太谦和了，你使我误认为你只是个哥哥，而没想到你会是我的爱人！你知道我什么时候才开始醒悟的？就是那个早上，去杜家的早上，我打电话叫你来，那时，我就是要告诉你，我错了！我懂得你了！我了解你了！而且，我也了解我自己了！我知道这一年来都是错误，我所深爱的，实在不是致中，而是你！"

她的头轻扑在床沿上，泪水涌进了她的眼眶，她有片刻的沉默，然后，她又毅然地抬起头来：

"记得你躲到山上去写论文的那段日子吗？我每天和致中混在一起。但是，我那么想你，发疯似的想你，你母亲可以做证，我是天天在等待你的归来，不过，我那么糊涂，那么懵懂，那么孩子气，我并不知道这种期待的情怀就是爱情！没有人教过我什么叫爱情，记得你从山上回来的那天吗？在雨果，我看到你就快活得要发疯了！我告诉你我和致中的距离，我告诉你我心中的感觉，我告诉你我是一条鲸鱼……而你，你这个傻瓜，你怎么不会像你信里面所写的，对我说一句：'我就是你的海洋，投向我！'你记得你当时说了些什么吗？你说了一连串致中的优点，要我对致中不要灰心，甚至于，你说：'你放心，我去帮你把沙漠变成海洋！'哦！致文，你是傻瓜，你是天下最大的傻瓜！我是不懂爱情，你却连表示爱情都不会吗？"

有两滴泪珠落在床沿上，她抬起带泪的眸子，看着他那僵硬的、毫无表情的脸。

"你知道吗？我和致中后来已经那么勉强了，听到他的电话我会害怕，听到你的电话我就喜悦而兴奋了。多傻啊，我仍然不知道我在爱你！是的，我不能完全怪你，我也是傻瓜，傻透了的傻瓜！我后来自己批评过我自己，我是一条白鲸，不是梅尔维尔笔下的白鲸，我是一条白痴鲸鱼！是的，我是个白痴！你该怪我，你该骂我的！记得在那小树林里吗？你给了我一张印着石榴花的卡片，上面的小诗我早已背得滚瓜烂熟：昨夜榴花初着雨，一朵轻盈娇欲语。但愿天涯解花人，莫负柔情千万缕！致文，哦，致文！这就是你表示爱情的方式吗？我却把那'解花人'三个字，误解是致中，认为这只是一张祝福卡！然后，你送了我那个雕像，你告诉我，你怎样不眠不休地为我塑像，记得吗？我那天哭得像个小傻瓜。我和致中在一起也常哭，每次都是被他气哭的。只有在你面前，我会因为欢乐和感动而流泪。但是，我这个白痴啊，我还不知道我在爱你！当你问我：'你有没有把哥哥和男朋友的定义弄错？'我依然没有听懂！哦，致文，我多笨，我多傻，我多糊涂！该死的不是你！是我！我该死！我该下地狱！现在，我可以坦白地告诉你，也告诉致中，我从头到尾就弄错了！致中是我的哥哥，你，才是我的爱人！"

她吸了吸鼻子，眼睛仍然盯紧着致文。满屋子的人都听呆了，听傻了，听怔住了。大家都默不作声，傻傻地站在那儿倾听着，倾听一番最沉痛的、最坦率的、最真挚的、最热情的倾诉！

　　"记得你为我和致中吵架吗？你说过：如果我是你的女朋友，你不会让我掉一滴眼泪！那是第一次，我考虑过，你可能爱上了我。你知道，那时我曾经多么震动过，我心跳，我狂喜，我期盼……然后，那天你来我家看我，下巴上贴着橡皮膏，你说你和致中打架了，因为致中不肯跟我道歉。记得吗？我立刻就大发脾气了，我生气，不是因为致中不跟我道歉，而是气你。气你什么？我当时并不明白，后来我才想清楚了，我气你只想把我推给致中，气你乱管闲事，气你的——不想占有我！那天，你是真的把我气哭了，于是，你吻了我……"她大大地喘气，痴痴地看着他。

　　"你吻了我！致文，你不知道那一吻带给我的意义，你不知道我怎样发狂，怎样沉迷，怎样喜悦！我承认，你不是第一个吻我的人，我的初吻，是致中的。但是，和致中接吻的时候，我只在冷静地分析，他吻过多少人；冷静地思索，怎样可以让他不发现我是第一次！但是，你吻我的时候，我整个都昏了，都痴了。噢，致文，我是多么、多么、多么爱你啊！何以我始终不自觉？何以你也始终不能体会？那一吻原该让我们彼此了解了，可是，我那可怜的自尊心又作祟了，我怕你是在安慰我，因此，我多余地去问你为何吻我？傻瓜！你不会说你爱我吗？你却说，你会劝致中不要'一时糊涂'！哦，致文，你使我又误会了，误会你只要把我推给致中！我气得那么厉害，我狂喊我恨你，现在想来，只因为爱之深，才恨之切呀！"

她凝视着他的脸，一瞬不瞬地凝视着这张脸，这张木然的、毫无表情的脸，这张像僵尸一般的脸。她的声音已不知不觉地越说越高昂，越说越激动：

"后来，我和致中不来往了，你不知道，当时我反而有解脱之感，致中是对的，我和他之间，谁都没有爱过谁，那只是一场孩子的游戏。然后，在校园的红豆树下，致秀告诉我，你要出国了。你知道吗？我震惊得心都碎了，一想到你要离我远去，我就觉得世界完全空了！我说了许许多多你不该出国的理由，哦，致文，我是那么爱你哦！你的诗情，你的才气，包括你那份自卑的感情，你那半古典的文学气质，哦，致文，我实在是爱你啊！也在那天，你对我真正表示了你的感情。当你说'走，为你走！留，为你留！'的时候，我感动得简直要死掉了。后来，在雨果，你又对我说：'不是哥哥，哥哥不能爱你，哥哥不能娶你，哥哥不能跟你共度一生！'你知道吗？致文，这是我一生听到的最美妙的话！当你向我求婚的时候，我实在是千肯万肯，千愿意万愿意……但是，我多么该死啊！我那可恶的自尊心，我那可恶的虚荣心！只为了我对致中说过一句话：'我不会姓你家姓！'于是，我又把什么都破坏了，致中的阴影横亘在我们之间，你误会我对致中不能忘情，又一次严重地刺伤我，我们彼此误会，彼此曲解，彼此越弄越拧，越弄越僵，于是，我跑走了！我原可以投向你，大喊出我心里的话，但是，我却把什么美景、什么前途都破坏了！"

　　她低下了头，把脸埋在掌心里，有好一会儿，她一动也不动。这长篇的叙述，说出了多少梁太太、致中和致秀都不知道的故事。大家都呆站在那儿，浑忘身之所在。说的人是说得痴了，听的人是听得痴了。

　　她又抬起头来，她的目光死死地盯着他，她的声音里充满了激情：

　　"那天早上，我打电话给你，致文，你知道吗？我就是忽然间想通了，忽然间知道我一直爱着的是你了，忽然间大彻大悟了，我叫你来，就是要告诉你我今天说的话，要告诉你：我嫁你！你姓梁，我嫁你！你不姓梁，我也嫁你！你是致中的哥哥，我嫁你！你不是他的哥哥，我也嫁你！但是，致文，命中注定我要在那一刻听到父母的谈话，听到雨婷的存在，听到杜慕裳的存在！爸爸说'雨婷从初蕾手里抢走了致中'，使我又昏乱了，又迷失了，又伤了自尊了……所以，我跑到杜家大吵大闹了，事实上，我为妈妈的不平更胜于为我自己。但是，我想，你一定又一次误会了！致文，致文，是谁在拨弄我们？是谁在戏弄我们？命运吗？不，致文，我们也做了自己性格的悲剧！你的谦让，我的骄傲，你的自卑，我的自尊……我们始终自己在玩弄自己！但是，致文，不管怎样，我们的下场不该如此凄惨，当我往水里跳的时候，只是一时负气，根本没有思想。而你，为什么要跟着我往下跳呢？难道像我这样一个糊涂、任性、自私、倔强的傻瓜，也值得你为我而生，为我而亡吗？致文，你傻，你太傻，你太傻，你太傻……"

她一口气喊出了几十个"你太傻"。然后，她忽然扑了过去，用双手捧住了致文的面颊，叫着说：

"现在，我来了！听着，致文！你听清楚，你母亲在这儿，致中在这儿，致秀也在这儿！他们都帮你听着！你听清楚！我今生今世，跟定了你！你醒来，我是你的；你不醒，我是你的；你活着，我是你的；你死了，我也是你的！不过，如果你竟敢死掉，我也决不独自活着。套用一句你的话：'走，为你走！留，为你留！'我还要再加一句：'生，与你共！死，与你共！'从今以后，我就跟定了你！跟定了你！跟定了你！跟定了你！你听到了吗，致文？再也没有力量可以把我从你身边拉开！我跟定了你！跟定了你！跟定了你！……"

她狂喊着，激烈地狂喊着，痛心地狂喊着，不顾一切地狂喊着……梁太太终于走上前来了，她啜泣着去搂抱初蕾。在这一刹那，她才了解初蕾进门时给她的那个拥抱，她是完全以儿媳自居了。她哭着去搂抱初蕾，哭着去擦拭初蕾脸上的泪痕，哭着去抚平她的乱发……

忽然间，初蕾推开了梁太太，她扑向床边，睁大了眼睛去看致文。于是，梁太太和致秀、致中，也莫名其妙地跟着她的眼光看去。于是，赫然间，他们惊奇地发现，有两粒泪珠，正慢慢地从致文的眼角沁出来，慢慢地沿着眼角往枕上滴落。于是，大家都屏住了呼吸，大家都惊呆了。从没看过这么美丽的泪珠，从没看过生命的泉水是这样流动的。于是，初蕾蓦然发出一声喜极的狂呼，她就直扑向致文，发疯般地

用嘴唇吻着那泪珠，发疯般地吻着那闭着的眼帘，发疯般地
又哭又笑，发疯般地喊着叫着：

"谁说他没有知觉？谁说他听不到？谁说的？谁说的？谁
说的？"

她从床边跳起来，直冲向屋外，正好和那刚下班回家的
梁先生撞了个满怀，她又哭又笑地抓着梁先生，又哭又笑地
大喊着：

"打电话给我爸爸！快打电话给我爸爸！叫他马上来！叫
他马上来！致文醒了！他听得见我……他听得见我……他终
于听得见我心底的呼声了！"

这是一栋郊外的小屋。

小屋前，有个小小的花园，花园里，种满了各种各样的花朵。玫瑰、蔷薇、茉莉、九重葛、万年青、菊花、茑萝……简直数不胜数。

这正是五月，天气还不太热，阳光灿烂，而繁花似锦。在那花园深处，有一棵高大的凤凰木，凤凰木下，有张舒适的软椅，软椅上，坐着一个年轻人。他怀里抱着块木头，正在精心雕刻着什么。

不用猜，这当然就是梁致文。他额上微有汗珠，却舍不得那么美好的阳光，舍不得那满园的花香，他不想进屋子里去。但是，他有些累了，放下那雕刻了一半的东西，他仰躺下去，望着那棵凤凰木，忽然有所发现，他就急急地呼叫起来：

"初蕾！初蕾！你来看！"

初蕾从屋子里面跑出来了。她穿着件简单的家常服，腰上围着围裙，头发已经长垂腰际，随随便便地披散在脑后。她红润、健康、漂亮而快活。

"什么事？"她奔到致文身边，"想进去了吗？我去把拐杖拿来！"

"不要！"致文伸手拉住她，"你看这棵凤凰木！"

她抬头向上看，凤凰木那细碎的叶子正迎风摇曳，整株树又高又大，如伞如盖如亭地伸展着。她困惑地说：

"这凤凰木怎样了？"

"像不像许多年前，你学校里那棵红豆树？"

她看着，笑了。

"是的，相当像。"

他把她的手拉进自己怀里。

"那是很多年很多年前的事了，是吗？"他问，微微有点感慨。

"那是上辈子的事，你提它干吗？"

"我在想，"他微喟着，"你实在不应该嫁给一个残……"

她一把用手蒙住了他的嘴，阻止了他下面的话。

"听我说！"她坚定地说，"前年，我在你床前又哭又说又叫，那时，我以为你死定了。可是，你会看了，你会说了，你又会雕刻了。明年，说不定你就会走了。即使你永远不会恢复走路，你也该知足了，最起码，你可以爱人和被爱。这世界上，还有什么事比这两样更重要呢？"

他凝视着她，是的，世界上，还有什么事比这两样更重要的呢？他实在不能再对命运有所苛求了！

屋里，有电话铃声传来，初蕾放开他，奔进屋里去接电话，一忽儿，她又跑了出来，脸上有副似笑非笑的表情。致文看着她，问：

"谁的电话？"

"雨婷。"

"有事吗？"

"她提醒我，再有一星期，就是小再雷的两岁生日！"她深思地看着致文，"致文，假如二十二年后，你来告诉我，你又有了一个爱人，我不知道我会不会有妈妈这么好的风度。"

"你决不会！"致文说。

"是吗？"她挑起了眉毛。

"你是一条白鲸，你会把我吃掉！吃得连骨头都不剩！"

她笑了，斜睨着他。"不要把人看得那么扁，如果你那个爱人像杜阿姨一样通情达理，说不定我也能接纳，等于多一个闺中知己，像妈妈这样，即使世俗不能接受，又怎么样呢？"她潇洒地甩甩头，仿佛"那一天"已成"定局"。

"好，"致文抬着眉毛，望着天空，"谢谢你批准，二十二年后，我一定不让你失望，给你一个'闺中知己'！"他说。

"你敢！"她大叫，顺手摘了一朵花，打在他的脸上，"想得可好！"他伸手抄住了这朵花，笑了。

"江山易改，本性难移！"他说，把小花送到鼻端去。忽然，他看着那朵花，呆住了。

"怎么了！"她伸过头去看。

“石榴花！”他出神地说，“我不知道你种了石榴花，我也不知道，又到石榴花开的季节了。”

她注视着那朵石榴花，微笑起来。

“大惊小怪！石榴花有什么稀奇？我这花园里还有稀奇的玩意儿呢！”

“是什么？”

“不告诉你！”

他伸手抓住她。“少故作神秘了！”他说，“你以为我不知道吗？去年年底，你在那边墙角偷偷摸摸地种下一颗种子，今年，它居然冒出嫩芽来了。我只是不懂，你为什么要种它？难道你没念过那首诗——‘泥里休抛取，怕它生作相思树’吗？”

“因为那是错误的！”她忽然羞赧起来，脸红了，“红豆树并不是相思树！”

“好，你种棵红豆树干什么？”

“那颗红豆——就是你的那颗。”她羞羞涩涩地、结结巴巴地说，“我只是种下去试试看，谁知道，它真的发芽生长了。我在想，它将来会长成一棵大树，等……咱们的孩子大了，或者会问我：‘妈，为什么院子里有棵红豆树？’我就会对她说：‘我要告诉你一个——一颗红豆的故事！’”

他怔怔地望着她。

“咱们的孩子？”他喃喃地问。

她蓦然间满面潮红，站在他面前，她把他的头揽入怀中，用双手紧紧地抱着他，让他的头贴在她的肚子上。于是，他立刻明白了！他抱紧她，喜悦地，激动地，狂欢地问：

"多久了？多久了？你居然不告诉我！"

"我也是——刚刚才证实哩！"她笑着，又低语了一句，"如果是个女儿，我要给她取个小名叫红豆。"

"如果是个男孩子呢？"他问，又自己接下去说，"我给他取个小名叫鲸生。"

"叫什么？"她没听懂。

"白鲸生的儿子，岂不是要叫鲸生？"

"你……"她笑开了，"真会胡说！不跟你乱盖了！"她转身跑开了。

于是，他也笑了，目送她那活泼、潇洒的背影，消失在房间里。他不自觉地抬起头来，从树叶的隙缝里望着天空。能爱人也能被人爱，这世界还能更美好吗？还能吗？一时间，他满胸怀都充满了感激之情。

阳光穿过了凤凰木那细碎的叶子，在他身前身后，洒下了无数闪亮的光点。

——全书完——

一九七七年十一月二十七日深夜初稿完稿

一九七八年一月十二日黄昏修正

（京权）图字：01-2024-1730

图书在版编目（CIP）数据

一颗红豆 / 琼瑶著 . -- 北京：作家出版社，2024.10
（琼瑶作品大合集）
ISBN 978-7-5212-2836-6

Ⅰ . ①一…　Ⅱ . ①琼…　Ⅲ . ①言情小说 - 中国 - 当代
Ⅳ . ①I247.5

中国国家版本馆 CIP 数据核字（2024）第 089086 号

一颗红豆

作　　者：琼　瑶
责任编辑：赵文文
装帧设计：棱角视觉　纸方程·于文妍
出版发行：作家出版社有限公司
社　　址：北京农展馆南里 10 号　　　　邮　　编：100125
电话传真：86 -10 - 65067186（发行中心）
　　　　　86 -10 - 65004079（总编室）
E - mail: zuojia@zuojia. net. cn
http: // www. zuojiachubanshe. com

字　　数：150 千
印　　张：7.625
版　　次：2024 年 10 月第 1 版
印　　次：2024 年 10 月第 1 次印刷
ISBN　978-7-5212-2836-6
定　　价：36.00 元

品　琼　瑶　经　典

忆　匆　匆　那　年

琼 瑶 作 品 大 合 集

1963	《窗外》	1981	《燃烧吧！火鸟》
1964	《幸运草》	1982	《昨夜之灯》
1964	《六个梦》	1982	《匆匆，太匆匆》
1964	《烟雨蒙蒙》	1984	《失火的天堂》
1964	《菟丝花》	1985	《冰儿》
1964	《几度夕阳红》	1989	《我的故事》
1965	《潮声》	1990	《雪珂》
1965	《船》	1991	《望夫崖》
1966	《紫贝壳》	1992	《青青河边草》
1966	《寒烟翠》	1993	《梅花烙》
1967	《月满西楼》	1993	《鬼丈夫》
1967	《翦翦风》	1993	《水云间》
1969	《彩云飞》	1994	《新月格格》
1969	《庭院深深》	1994	《烟锁重楼》
1970	《星河》	1997	《还珠格格第一部1阴错阳差》
1971	《水灵》	1997	《还珠格格第一部2水深火热》
1971	《白狐》	1997	《还珠格格第一部3真相大白》
1972	《海鸥飞处》	1997	《苍天有泪1无语问苍天》
1973	《心有千千结》	1997	《苍天有泪2爱恨千千万》
1974	《一帘幽梦》	1997	《苍天有泪3人间有天堂》
1974	《浪花》	1999	《还珠格格第二部1风云再起》
1974	《碧云天》	1999	《还珠格格第二部2生死相许》
1975	《女朋友》	1999	《还珠格格第二部3悲喜重重》
1975	《在水一方》	1999	《还珠格格第二部4浪迹天涯》
1976	《秋歌》	1999	《还珠格格第二部5红尘作伴》
1976	《人在天涯》	2003	《还珠格格第三部天上人间1》
1976	《我是一片云》	2003	《还珠格格第三部天上人间2》
1977	《月朦胧鸟朦胧》	2003	《还珠格格第三部天上人间3》
1977	《雁儿在林梢》	2017	《雪花飘落之前——我生命中最后的一课》
1978	《一颗红豆》	2019	《握三下，我爱你——翩然起舞的岁月》
1979	《彩霞满天》	2020	《梅花英雄梦之乱世痴情》
1979	《金盏花》	2020	《梅花英雄梦之英雄有泪》
1980	《梦的衣裳》	2020	《梅花英雄梦之可歌可泣》
1980	《聚散两依依》	2020	《梅花英雄梦之飞雪之盟》
1981	《却上心头》	2020	《梅花英雄梦之生死传奇》
1981	《问斜阳》		

9 7 8 7 5 2 1 2 2 8 3 6 6